STAY with ME

重新，一個人

擁有自由無畏的人生下半場。

吳若權

〔序〕

終究，還是一個人

不必哀悼青春，更不用頻頻探詢生命的解答，
積極主動規畫人生下半場，就能找回完整的自己。

午後白花花的陽光，從枝葉茂密的縫隙間，溫和地灑在肩上。

高中開學第一天放學的畫面，再度浮現眼前。剛結束日夜蟄伏於補習班一年的重考生涯，穿上全新的高中制服，瀟灑地再見天日，告別幽暗灰敗少年的憂鬱，迎向一個雖然未知、但不能再壞的人生，讓我既感傷、又興奮。

揹著書包搭上車，站在公車司機座位後面，我盯著車身兩側的後照鏡看，窗外的景象，前一秒是未來憧憬，後一秒已是過眼雲煙。

明明是夏末天氣晴好的都會午後啊，豆大的淚珠竟如山間的豪雨，氣勢磅礡地打在記憶的長廊。我聽見決心的戰鼓響起，催促自己勇往直前。不要再沉溺於既往，活出真正想要的未來。

從那一刻起，我主動做出慎重的決定——從開學的第二天起，獨自留在學校晚自習，直到圖書館熄燈才回家，立志不花父母的辛苦錢去補習，一定要憑自己的努力，考上理想的大學，以免三年後再度嘗到名落孫山的敗績。

那年我十五歲，第一次體驗到成長過程中劇烈地、徹底地轉折，來自一個看似輕輕的逗點，卻是大大的改變。

人生，會有幾個這樣的逗點？可以在當下敏銳地覺察自己——重新，一個人。然後毅然決然地朝向真正想要的人生前進。告別過去、告別愛恨、告別煩惱、告別恐懼，有決心、也有能力，以自由無畏的姿態，擁抱全新的自己。

年過五十的這個夏日午後，我和朋友約在特色鮮明的小小獨立咖啡館。一個人從鬧區人潮熙來攘往的市街，悠然轉進路邊舊式古老建築的靜巷，彷彿經歷一趟人生旅途的縮時攝影。少年熟悉的陽光，再度如亮麗的花瓣，飄落在熟年的肩上。了然世事地告訴自己，我終於懂得這般道理：**穿越滾滾紅塵，才能享受孤獨；抖落愛怨悲歡，才會安適自在。**

既善於獨處；也樂在相處

小時候，我是非常喜歡享受孤獨的孩子。童年經常搬家遷徙，和兩位姊姊聚少離多。我習慣自己一個人玩、一個人奔跑、一個人放風箏、一個人讀故事書。一直到青少年，我仍不知道如何和玩伴相處，甚至有過幾次被霸凌的經驗。人際關係的挫折，讓我學會偽裝自己，以親切和善的樣貌，掩飾內心的孤獨。雖然以短暫的和樂假象融入人群，不至於會太不快樂，但總在匆匆逃離團體生活，回到自己的角落時，大大地鬆一口氣，感覺無比的輕鬆自由。

能夠真正毫無膽怯地和別人互動，已經是上大學、甚至是出社會上班以後的事。長大才結識的朋友，幾乎不能想像從前的我，是多麼害羞、木訥，而且講話結巴。在改變自己的過程中，我付出許多努力、克服無數障礙，才能從自卑到自信，走出自己的世界，和別人產生連結。終於，經過生命的無常、友誼的歷練、親情的喜捨，當我再度回到自己一個人的角落，慶幸自己能夠真正地成為「一個人」。既善於獨處；也樂在相處。

細數過往歲月，我曾在多少人的心中來來往往，多少人曾在我的世界停停走走？年少時為了卸下「一個人」的孤寂，以為彼此擁抱才會幸福，試著努力追逐著和另「一個人」相濡以沫，愛與被愛的傷痕斑斑累累，幸與不幸的記憶層層疊疊，和往事漸行漸遠，與自己愈靠愈近，才慢慢懂得：**無論最後的結局，是「一個人」和另「一個人」願意繼續相守、或各自轉身分手，唯有彼此尊重與祝福，才能兩相忘於江湖。**

少年的我，雖然剛踏入青春期；天真早熟的心智，已經懂得歲月的滄桑。當年的大哥哥、大姊姊們，剛從西洋搖滾音樂的熱潮，轉換到清純的民歌創作，我剛學會彈吉他，敞開小小的胸膛裡，懷抱暖暖的吉他，跟著吟唱由楊弦先生譜曲，演唱余光中老師的新詩作品〈江湖上〉：

一雙鞋，能踢幾條街？
一雙腳，能換幾次鞋？
一口氣，嚥得下幾座城？
一輩子，闖幾次紅燈？
答案啊答案
在茫茫的風裡

一雙眼，能燃燒到幾歲？
一張嘴，吻多少次酒杯？
一頭髮，能抵抗幾把梳子？
一顆心，能年輕幾回？
答案啊答案
在茫茫的風裡

現在網路上仍可以搜尋到鴻鴻老師的評介：〈江湖上〉是余光中老師一九

七〇年旅美時期的作品，引用Bob Dylan的歌曲〈Blowin' in the Wind〉。全詩也仿Dylan使用一連串問句，但相對於反戰歌手的意氣風發，中年的離鄉詩人卻別有懷抱。

在那個年代成長，總會背誦幾首詩、唱幾支歌，無論經濟多麼窮困、心情多麼苦悶，只要幾段文字與音符，就能掙脫現實的牢籠，在寬廣的夢想裡飛翔。

人到中年，重回記憶，找到似曾相識的心情。當年我只是個十五歲的孩子，如今已經是五十歲的熟男。對於生命的困惑逐漸減少，繼之而起的人生課題是：全然的順遂接受。

唯有靠自己，才能完整自己

幾天前去參加來自荷蘭靈媒作家潘蜜拉．克里柏（Pamela Kribbe）來台的系列講座，聽眾提問相當踴躍，有幾位期盼走入婚姻的女孩，問了很相似的問題：「我一直很渴望伴侶，為什麼他遲遲沒有出現？」即使每個人的背景不同，潘蜜拉轉譯的靈訊卻大同小異。要她們回到內心深處，先安頓自己。

雖然我也曾經渴望伴侶，但經過多次的戀愛，我才學會：**無論單身或已婚，在幸福的道路上前進，必須放慢腳步，試著完整自己，而不是匆忙追趕，找尋另**

一個人前來完美你的人生。否則，你會一再錯過、一再失望。

我認識許多真正很幸福的已婚伴侶，從他們身上發現：兩個人在一起，能夠長久幸福的秘訣，並不是依靠彼此，而是成全對方。尊重對方以「一個人」的姿態，自由自在地活在婚姻裡，這段關係才會長久。

有些人會質疑地問：「萬一對方在外面亂搞；甚至出軌怎麼辦？」其實你如果真心愛對方，就應該容許他選擇他感到快樂的生活方式。或者，他最後終會發現自己對於快樂的追求，既膚淺、又荒唐；然而，你無須評論，只要回到自己身上，保持高度的覺察，隨時提醒自己：「我也可有我的選擇！」但這個選擇，必須是基於愛與信任，不是恨與背叛。

在我開辦的療癒課程中，有很多學員問我關於「維持單身」或「期盼結婚」的題目，我的回答是：有些人的生命課題，需要由伴侶砥礪切磋；有些人的靈魂修行，需要靠自己獨力完成。如果，你選擇後者——請千萬不要因為孤獨而自怨自艾，而是要把握單身而自由自在。

單身，並非公害，也絕對不是國安問題。相反的，單身反而往往因為納稅金額、勞動生產、照顧父母，而成為對國家、社會、家庭，很有貢獻的一個族群。或許，單身者還是會被某些人歧視，原因可能是對方不了解或不包容。但正因為如此，單身，更必須好好善待自己。

重新，一個人；從心，一個人

在人生的旅途上，踽踽獨行。關於「一個人」的概念，我已經越過「見山是山」、「見山不是山」、「見山又是山」的不同層次，猶如宋詞〈虞美人・聽雨〉（作者：蔣捷）——

少年聽雨歌樓上，紅燭昏羅帳。
壯年聽雨客舟中，江闊雲低斷雁叫西風。
而今聽雨僧廬下，鬢已星星也。
悲歡離合總無情，一任階前點滴到天明。

我們因為付出愛而讓自己變得獨特，就像小王子照顧玫瑰花而讓它成為唯一。在滿天星斗中，聽見遙遠笑聲，而知道那是你最在意的一顆星。浪跡天涯的路上，有愛、有恨、有燦爛、有荒涼。兩個人相愛，最美的結果，並非永遠擁有對方，而是自己願意成長，幫助彼此生命更為豐盈。

或許，有「一個人」會讓另「一個人」得到短暫的投靠與安慰，但沒有任何「一個人」會是另「一個人」永遠的依靠與救贖。

無論你現在幾歲，身心屬於哪種性別，單身、已婚、或離婚，生命走到最後，終究，還是一個人。

在「一個人」的情狀下，可以泰然處之，終必學會自得其樂。當「一個人」不再害怕「一個人」，才能在遇到另「一個人」時，相守時願意成全對方、分手時彼此祝福。

活到熟年，邁向中老，若這一路走來始終只是「一個人」，或經過千山萬水回到又只剩下「一個人」，面對長長的人生、匆匆的回憶，該如何面對下半生？

此刻，那首民歌，再度浮現腦海：

為什麼，信總在雲上飛？
為什麼，車票在手裡？
為什麼，惡夢在枕頭下？
為什麼，抱你的是大衣？
答案啊答案
在茫茫的風裡

一片大陸，算不算你的國？

一個島，算不算你的家？
一眨眼，算不算少年？
一輩子，算不算永遠？
答案啊答案
在茫茫的風裡

（詞：余光中．〈江湖上〉；曲：楊弦）

人口高齡化不是趨勢，而是擺在眼前的事實。如果我們已經心知肚明，可能老來無以為伴，也不能依靠子女，就必須立刻停止感嘆，當下就開始準備為自己啟動第二人生。

無論是悲傷地經歷失戀、失業、失婚、失去健康，或是喜悅地因為心智已經逐漸成熟，到可以面對「重新，一個人」概念中的那個逗點，此刻不必哀悼青春，也無須負氣流浪，更不用頻頻探詢生命的解答，只要拿出決心與勇氣，以對生命百分之百的負責態度，積極主動規畫人生下半場，就能找回完整的自己。

人生的列車，一輛接著一輛，匆匆地駛過；途中的旅客，一批接著一批，被命運送往不同的地方。

如果你是列車上的旅客，處於昏睡的狀態，只因為你窮盡半生之力，還是覺得自己總愛不到想愛的人，做不到想做的事，結不到想結的婚，存不到想存的錢……就別再往錯誤的方向繼續行進吧！看清楚列車的時刻表、起點與終站，重新做出正確的選擇。

已經佇立在車站轉運大廳的你，此刻要往哪裡去呢？從打瞌睡的呵欠中醒來吧，讓自己回到童年的火車上，像《小王子》書中第二十二章描述的孩子，繼續好奇地把鼻子扁扁地抵在車窗上，只因為心裡很清楚自己要追求什麼。

在人口高齡化的過程中，「年紀」和「寂寞」都愈來愈長，每個人都必須開始學習：如何面對「孤獨感」愈來愈濃厚的社會？無論你現在30歲、40歲、或50歲，無論你是未婚、已婚、或離婚，趁早學習「善於獨處，也樂在相處」的態度與技能，重新開始規畫人生下半場，才不辜負自己的青春，也才能讓自己真正過得幸福。

《重新，一個人：擁有自由無畏的人生下半場》，是我出版的第一〇四號作品，從財富、感情與友誼三大支柱，提供你全面的人生省思。這是我經歷過的掙扎與痛苦，轉化成喜悅與幸福，但願可以提供你更多的心靈能量與參考資訊，讓你及時抓住生命最關鍵的逗點——既是「重新，一個人」；也能「從心，一個人。」當下，就活出屬於自己的美好未來。

CONTENTS

1 / PART / ONE /

要多少的金錢，才夠餘生？

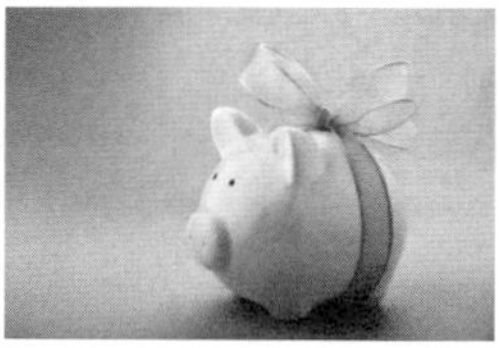

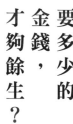

2

/ PART / TWO /

要多深的感情，才能安心？

CONTENTS

要多少的金錢，才夠餘生？

1

/ PART / ONE /

你願意，
用多少財富，
去換一段
悠閒的時光？

多少錢才夠用？
答案並非只是一個數字，
而是進一步去勾勒，
未來自己真正想要的生活。

chapter 1

兩百萬——和——兩千萬——的差距

從現在開始規畫，若要獨自度過餘生，需要多少錢才夠用？
這個問題，並不只是單純的數字計算，而是非常廣泛地牽涉到你的人生態度。
先別急著衡量你賺錢與存錢的能力和速度，
要先從最基本的觀念開始檢視：你對金錢的價值觀，
以及為什麼對金錢存在著連你自己都無法察覺來源的不安全感？

在尚未消費之前，所有的金錢都只是帳面數字；
用於真正的支出時，金錢才有真正的價值。
否則，再少錢、再多錢，都只是一種「感覺」。

一般人真正受困的，不是金錢，而是感覺。尤其是：「怕錢不夠用」的匱乏感。
思考「多少錢才夠用？」這個問題真正的目的，並非得到一個數字的結果，
而是重新去檢視，未來自己真正想要的生活。
進而說服現在的自己，要用什麼態度去面對工作、
要透過哪種方式理財、要維持怎樣的人際關係？

你真的夠愛錢嗎？

大多數的人，並不愛錢。人們真正在意的是：金錢，可能帶來的安全感、以及成就感。

錢，重不重要？

你別以為，所有的人聽見這個問題，都會齊聲回答：「YES！」截至目前為止，我對著累積超過七十萬人次的學員，問過同樣的問題，大約有百分之二十的人，態度相當猶豫。

儘管每一位生涯規畫專家，**都會提醒三十歲以上的上班族，提早積蓄三項老本：1.財富；2.健康；3.人脈**。但並不是所有的人都真正了解金錢的意義。

倒是有一句邏輯很弔詭的流行語，幾乎是絕大部分的人都不假思索，很快就認同：「錢，不是萬能；沒有錢，萬萬不能！」我常在講授「心靈成長」的課程中，很慎重地提到這句話。它，真是太有意思了。就像千百年就發明的對聯一般，普遍流傳於華人世界；教科書上沒有寫，老師也不會要學生背誦，但人人耳熟能詳。

至今，聽過我授課的學員超過七十萬人次，每一位被隨機抽選來應答的學員，都能在我講出上聯「錢，不是萬能；」後的一秒鐘之內，極順口地接著說出下聯「沒有錢，萬萬不能！」但是，幾乎沒有人認真想過，「錢，不是萬能」和「沒有錢，萬萬不能」其實正好是兩種截然不同、對立於左右兩個極端的金錢價值觀。

擺脫對金錢的困惑；找到最在意的人生價值

對於曾失去健康、親人、或愛情的人，多少能體會到「錢，不是萬能。」的意義；但是，主張「沒有錢，萬萬不能！」的人，也會堅持：「少一塊錢銅板，公車司機不會同意讓你上車。（除非當天有足夠充分的理由說服他。）」

可見，這兩種說法都有道理。問題是：屬於你的金錢價值觀，比較接近於哪一種？你的伴侶或家人，又是哪一種？

你是否能夠讓自己過得快樂、你和別人的相處能否契合？常取決於彼此對金錢價值觀的傾向是否一致。當「錢，不是萬能。」或「沒有錢，萬萬不能！」只能兩者擇一時，你的金錢價值觀，比較傾向於哪一種？

多數人，不，我應該說是絕大多數人，從來沒有想過這個問題！而且，多半很投機地，隨時搖擺於左右兩個極端之間。當老闆誘之以加班費或加倍福利，要員工加班賣命時，此刻你若想準時下班去和朋友狂歡，會在心中吶喊：「錢，不是萬能。」但當你走到購物中心，看見櫥窗裡琳瑯滿目的物質誘惑，決定刷卡時，又難免慶幸地對自己嘀咕：「沒有錢，萬萬不能！」

每天生活在「錢，不是萬能」和「沒有錢，萬萬不能」之間，你的內心將時時刻刻處於激烈的矛盾與掙扎之中。你，一直以為你很愛錢、或覺得錢很重要；但其實你沒有！你對金錢長期處於又愛又恨的矛盾情緒之中。

在另一項理財課程中，我常隨機抽選學員回答兩個問題：「請描述一張百元紙鈔的圖案？」以及「說出你的皮夾裡，現在有多少現金？可能的話，請盡量精準到個位數、十位數、或百位數。」能答對者，微乎其微！

建立正確消費態度，和金錢保持良好關係

大家都誤以為，自己對錢很了解、很在意。其實，那是很大的誤會，大多數的人並不愛錢。人們真正在意的是：金錢，可能帶來的安全感、以及表彰自己身分地位所象徵的成就感，而不是金錢的本身。

如果你到現在還是覺得自己的財富未達理想的目標。我必須告訴你一個殘酷的事實：不是因為你能力差、際遇不好，而是因為——你，並不真正愛錢。

這道理，超級簡單。只要你夠愛錢，你就會清楚鈔票的長相，並且善待它。把紙鈔整理得乾淨整齊，放在皮夾中，連銅板也會分類妥善收好，這是所有有錢的人的習慣。以感情為比喻，你若真心愛你的伴侶、或你的家人，你一定會知道他的長相，此刻他在哪裡。你若真的夠愛錢，就會知道不同幣值鈔票的正確圖案，以及口袋或皮夾裡有多少錢。

我從小生活困苦，沒太多零用錢，但正因為手頭不寬裕，所以處理金錢的態度很謹慎，（是謹慎，不是小器喔！）對鈔票懷有無上的敬意。因為，我知道每一分錢都得來不易。**有錢進來時，把鈔票整理對齊；把錢花出去時，必詳細記帳。這個好習慣，讓我懂得量入為出。**而且成功地駕馭「亂花錢」的衝動，和口袋裡的每一張鈔票和每一個銅板，保持良好的互動與親密關係。

錢會自動找到你

真正肯定財富的意義，足夠開銷的金錢將自動湧向你，而你也會活在沒有匱乏的心態中。

我一直相信：當你足夠愛錢，錢會自動找到你！

在宇宙之間，你和所有的金錢與財富，存在微妙的對應關係。所有能夠擁有財富，並留住財富的人，都是因為他真心愛錢，他把錢當正向的工具，內在充滿富足的感覺；相對地，一直埋怨自己賺不到足夠的錢、或是有錢就很容易破財的人，長期處於缺錢的狀態，多半對金錢心存恐懼，內心被不安全感填滿，甚至潛意識裡，對財富懷著連自己都不知道的厭惡。

窮人對富人的態度，決定將來是否有翻身的可能。當你走在街上，看到名車從眼前呼嘯而過，心中浮起的第一個念頭，已經決定你將來會窮困或富有。

「跩什麼跩，有錢開名車就了不起喔！」「一定是田橋仔！（台灣話，意指：本人不事生產，靠祖產致富）」「黑道，才會開這種車！」「看那樣子，就知道是個為富不仁的奸商！」以上念頭，無論是否真的脫口而出，若不試著改變想法，就注定你和金錢財富已經分道揚鑣，而且你已經走向缺錢的路上。

能夠逐步賺到錢，並且把錢留下來，最後致富的人，想法正好相反。這些人面對金錢時，總是存著尊敬與感恩的心。即使看到啣著金湯匙出生的富二代，也真心認為他們是上輩子修得好福氣，這輩子才能坐享其成。對於飛馳過眼前的名車，發自內心地願意祝福車主一路平安。

我常在「心靈」或「理財」課程中，建議學員：「**對金錢抱持尊重與感恩的態度。**」即使你目前只是一個小小基層的上班族，都要謹慎地量入為出，並在支付任何一筆開銷時，練習一種近乎本能直覺反應的對著金錢說話：「**謝謝你帶給我物質享受；下次要帶更多夥伴回到我的皮夾喔！**」因為我深深相信：「你愈珍惜金錢，才會擁有愈多財富。」這就是利用宇宙中強大的「吸引力法則」，幫助自己創造財富的道理。

重新設定金錢價值觀

很多年輕人擔心：起薪若不夠高，財富是不是就輸在起跑點？資深熟齡上班族的煩惱是：要存多少錢，退休後才夠用？要解決這兩個問題的根本之道是：先建立正確的金錢價值觀！

如果有機會，父母應該陪伴孩子從小就建立正確的金錢價值觀！偏偏，這是家庭教養常忽略、學校教育也不足的一環。等到學校畢業，進入職場，開始靠自己的能力賺錢，不是覺得對駕馭金錢感到吃力，就是在「錢，不是萬能」和「沒有錢，萬萬不能」之間掙扎，這都是因為對金錢價值觀扭曲的結果。

無論你現在幾歲，若總是對金錢存在危機感，常怕錢不夠用，容我套句電腦用語「Re-set！」鼓勵你，請務必重新設定金錢價值觀。即使已經年過三十五，甚至到了已經開始規畫退休生活，都為時不晚。

以下推薦給你的兩本書：《有錢人想的和你不一樣》（作者：哈福．艾克，T. Harv Eker，大塊文化）、《為什麼有錢人都用長皮夾？》（作者：龜田潤一郎，平安文化），不僅是理財知識的基本入門，也可以當作激勵心靈邁向富有的必讀佳作，值得你好好自修。我相信兩位作者的論述，可以幫助你建立正確的金錢價值觀，並驅動你愛上金錢的意願與信念。

肯定財富的意義，金錢不再匱乏

當你建立起正確的金錢價值觀，而且很肯定自己真正愛錢，不會對財富感到恐懼、不安，也不再仇富恨商、徹底拋棄「銅臭」的偏見，你就可以客觀而中立地開始認真思考：

人生，什麼是最重要的？

你將會在形塑這個問題的答案過程中，漸漸發現自己最珍惜的是什麼？進而重新看待你的工作、對待你的家人和朋友，形成正向的磁場。

當你真正肯定財富的意義，足夠開銷的金錢將自動湧向你，而你也會活在沒有匱乏的心態中。

這時候，兩百萬或兩千萬的差別，就不再是「2」後面有多少個「0」的問題，而是很實質的規畫，包括消費與資產。

如果你讀到這裡，還不小心翻了白眼，仍然想不出新台幣百元鈔票的背面圖案是什麼？或正偷偷計算著，究竟兩百萬或兩千萬的差別，是「2」後面有多少個「0」？表示你不只數字觀念不好，金錢概念也很需加強！

解答：新台幣百元鈔票的背面圖案，是中山樓。兩百萬，2,000,000，即：「2」後面有6個「0」；兩千萬，20,000,000，即：「2」後面有7個「0」。

多少錢，才夠用？

多少錢才夠用？並非只是得到一個數字，
而是重新去檢視未來自己真正想要的生活。

在尚未消費之前，金錢都只是帳面數字；用於真正的支出時，金錢才有真正的價值。否則，再少錢、再多錢，都只是一種「感覺」。一般人真正受困的，不是金錢，而是感覺。尤其是：「怕錢不夠用」的匱乏感。少數人則是，錢多到擔心未能善了。看到報上許多子孫爭產的新聞，你就會明白：有錢人也很容易為錢煩惱。

關於對金錢的感覺，除了「錢，不是萬能；沒有錢，萬萬不能！」還有許多長期流行於街談巷議的俗話，例如：「最痛苦的是，活的時候沒錢花；最遺憾的是，死的時候沒把錢花完！」「不把錢當錢，而是把錢當命！」……大家聽了雖然都莞爾一笑，但夜深人靜時，只要想到後半輩子，一個人該怎麼過，就不得不認真以待。

問題是，偏偏「多少錢，才夠用？」這個問題，沒有人可以給你標準答案。你上網問谷歌（Google）大神，不同網頁中的專家，提供各式各樣的算法，而且多半數目相當驚人。還有某些電腦網站或手機ＡＰＰ，只要逐步勾選條件，就能依據你個人的情況，計算出你需要準備的退休金。

規畫未來消費；安心度過晚年

我為大家在網路世界上天下地彙整資料，發現「退休之前，要存多少錢才夠用？」這問題，目前網路上有的答案（扣除亂開玩笑者），以新台幣兩千萬到三千萬這個區間最多、也較合理。

至於計算的方式，有各種必須因人而異的標準，詳細到：「你打算幾歲退休？」「預估你會活到幾歲？」「你有自用住宅嗎？」「你是否有伴侶？」「你的性別？」以及「你的理財方式？」等等，有些網友還自行添加附註：「你有小孩會幫你敗家嗎？」「你會臨老入花叢而揮金如土嗎？」

雖然上述判斷標準，多少都牽扯到有無伴侶、子女、家人等，但不論單身或已婚，人生到最後，還是很可能要面對自己一個人過日子的情境，事先估算可能的花費，是讓自己可以一個人安心過晚年的方式。但是，你若採信網路上大家普遍認知的說法，大約新台幣兩千萬到三千萬，可能會有以下四種不同的反應：

（A）哈，真是謝天謝地，我存夠錢，可以安享晚年！——恭喜你！

（B）嗯，我會繼續努力，看起來我是有機會存到這筆錢再退休！——加油唷！

（C）唉，我這輩子是沒希望存到新台幣兩千萬了，怎麼辦？——別擔心！

（D）喔，不可能吧，很多人並沒這些錢，也活下來了！——沒錯啊！

估算需要新台幣兩千萬到三千萬才能安養天年的論述，公式中大概包括：房屋的租金、電器、水電、交通（含購車、燃料、稅金、維修）、飲食、治裝、休閒娛樂、旅遊、交際應酬、紅白帖、醫療、稅金等，可以說是算得很實際了。另有經濟專家，是以現在收入的算法，推估退休前必須存夠收入的七到十六倍，要看你打算幾歲退休、以及後來活到幾歲。

先培養記帳的習慣；才能正確計算需要多少錢

你若感到迷惘或好奇，真的可以用自己目前的收入及生活水準，試著計算看看，究竟要存夠多少錢，才能退休。但前提是：請你先開始培養記帳的習慣，否則你根本無從分析錢是怎麼來、花到哪裡去？

思考「多少錢才夠用？」這個問題真正的目的，並非只是得到一個數字的結果，而比這個更重要的是：重新去檢視未來自己真正想要的生活。進而說服現在的自己，要用什麼態度去面對工作、要透過哪種方式理財、要維持怎樣的人際關係？

兩百萬或兩千萬，都可能安享晚年；陽春麵或日式拉麵，都可能帶來幸福感；單車環島或遊輪遊世界，都可能打開視野。重要的是：所有的選擇，都出於自己；所有的遭遇，都能夠甘願。

預先想像一個人的生活，或許需要很多勇氣，但最基本的起始點，是對自己的人生負起全部的責任。

永遠都要記得啊——這一切，都是自己的選擇！

究竟要用兩百萬或兩千萬過餘生，並非全部由命中注定，你可以透過規畫，讓自己活得更安心！在逐步揮別「內心不安全感」的同時，就能體驗更寬裕的人生。

多少錢才夠用？

《多少才夠：重新定義你對財富的看法》作者艾倫．艾貝（Arun Abey）與安德魯．福特（Andrew Ford）在書中提出的計算方式：

男性：五十歲退休，乘上退休前收入的十一倍。五十五歲退休，乘上退休前收入的十倍。六十歲退休，乘上退休前收入的九倍。六十五歲退休，乘上退休前收入的八倍。七十歲退休，乘上退休前收入的七倍。

女性（通常女性平均壽命高於男性）：五十歲退休，乘上退休前收入的十二倍。五十五歲退休，乘上退休前收入的十一倍。六十歲退休，乘上退休前收入的十倍。六十五歲退休，乘上退休前收入的九倍。七十歲退休，乘上退休前收入的八倍。

他們在網站（www.howmuchisenough.net）提供查詢機制，如果想試算自己需要多少退休金，或是想知道不同條件（希望退休年齡）的變化對退休金影響多大，可以到這個網站查詢及試算。

chapter 2

從——斷捨離——開始

從「夠用就好！」的想法切入，引導出另一個截然不同的方向，
透過對物質「斷、捨、離」的練習，讓自己放下對物慾的執念，
反而建立「我，可以靠自己好好過活！」的信心。

想要保留所有將來可能會用到的東西，是一種建立「安全感」的假象。
真正的獨立是學會主動落實「斷、捨、離」的概念，成為一種生活態度。
不只是一種對物品的割捨，也是對執念的放下。

除了讓自己清楚什麼才是重要的，
更因此自然而然地呈現出生命中必須擁有的優先順序。
原來，那些我們曾經以為很重要的，其實捨棄之後也沒多大關係；
即使，沒有太多「以備不時之需」的存糧，還是可以活得下去。
大家煩惱的老本問題，真的不在於錢多錢少。
而是釐清自己的心態：我究竟要的是什麼？

及早開始規畫「第二人生」

揮別無知懵懂的荒唐歲月，
在所剩無幾的有限年華中，
趁早下定決心，做自己！

在什麼時候，或起心動念於哪個事件，會想要重新開始規畫自己的「第二人生」？為了解答這個問題，我在網路上做了一次小規模的調查，得到很多意義深長的答案。

多數年輕朋友的轉折，是起因於一個事件，例如：失戀、落榜、和朋友絕交、跟爸媽大吵、參加某個營隊……突然發現過去的那個自己，並不是真正想要的人生，於是決心來個劃清界線，希望能夠徹底告別。可惜的是，這種決心往往來得快、去得也快，能夠真的脫胎換骨的實例，並不多見。

熟年男女對自己必須重新開始「第二人生」的體認，常來自最現實的年紀，當時候到了，就不得不認真面對，揮別無知懵懂的荒唐歲月，在所剩無幾的有限年華中，趁早下定決心，做自己。

另一種熟年的覺悟，則常伴隨帶著傷痛的事件，失婚、失親、失業，或健康檢查出現的紅字、大病一場，或被公司強迫提前退休……於是回到人生的角落，開始規畫自己的「第二人生」。

「愈多愈好！」v.s.「夠用就好！」

隨著資訊的普及，愈來愈多人對「高齡化」的趨勢有所警覺，因此願意主動積極地開始思考：當年老時，只剩下一個人過日子，該怎麼辦？

能夠及早主動規畫「第二人生」，總比臨時被迫要面對現實要好。問題是：當想到世間情熄愛滅，或因為自己不願依靠別人、拖累對方，而必須要重新開始一個人的生活時，都會很沒有安全感地擔心以下兩個問題：

1. 錢，夠用嗎？
2. 一個人，能靠自己度過餘生嗎？

光是這兩個問題，就足以混亂所有的思緒，讓駐足在生命轉運站時，感到不知所措。其實這些問題有不同的解答方向：一個是「愈多愈好！」；另一個是「夠用就好！」

當你往「愈多愈好！」去想，會愈想頭愈痛。慾望，是個無底洞。每個「想要」，都會變成「需要」。網路上那些主張必須要新台幣三千萬（或更多）才能退休的計算方法，不僅把很多「想要」都當作「需要」，甚至都誤認為「必要」。

資深作家薇薇夫人之前接受媒體訪問時，曾經提出她親身體驗的見解：退休以後的花費，可以比從前省很多，無論是服裝、應酬、交通等費用的支出，都會大幅下降。日常真正的開銷，並沒有想像的那麼多。

只要能夠從「夠用就好！」的想法切入，將引導出另一個截然不同的方向，透過對物質「斷、捨、離」的練習（下一個章節，會仔細分享。），讓自己放下對物慾的執念，反而建立「我，可以靠自己好好過活！」的信心。

應用斷、捨、離；練習減法生活

除了讓自己更清楚什麼才是重要的，更因此自然而然地呈現出生命中必須擁有的優先順序。

近年來盛行的「斷、捨、離」觀念，是從日本知名的雜務管理諮詢師山下英子透過暢銷書《斷、捨、離》所帶動的風潮。

她並不是鼓勵大家過清貧的生活，而是幫助人們藉由對捨棄不適用物品的「減法」，來為自己的生活加分。表面所見是清除住宅或工作場所的雜物，實則是進行心靈大掃除的神奇整理術。

「斷」，是指：斷絕不需要的東西。「捨」，是指：捨去多餘的廢物。經由不斷重複「斷」和「捨」，到最後，會得到的狀態是「離」，也就是脫離對物品的執著。如同山下英子所說：「這是利用收拾家裡的雜物來整理內心的廢物，讓人生轉而開心的方法。」如果你利用短短時間，對錢包、抽屜、櫥櫃，練習做一次大掃除，就會發現自己最在意的是什麼。

過度節儉，捨不得丟東西，未必是好習慣

丟棄東西，對我來說，曾經是很困難的任務。每當開始整理東西時，面對混亂堆積的雜物，明明知道該送人或丟掉，但就是無法自制地浮現「捨不得」、「太浪費」、「好可惜」的雜音。**雜物和雜音，永遠是合作無間的戰鬥夥伴，輕易攻陷你想消滅它們的念頭。**

我從小就很節儉，懂得珍惜物資。剛買的東西，捨不得馬上用；用過的東西，也捨不得立刻丟。連墨水耗盡後的原子筆的筆桿，都可以留下來，預備哪天可以補充筆芯之用。

之前，我還曾經以「做的都是企畫工作」、「必須發想創意」、「常用到很多資料」種種藉口，保留超多手稿、剪報、書籍、樣品、筆記本、文具、紀念品……即使每年過農曆年大掃除，內心升起「必須整理一下」的念頭，隔一秒鐘就被自己「搞不好有一天會用到」的歪理說服，任它們裝在紙箱裡，繼續占用我的空間和心思。我提供企管服務的客戶，還很慷慨提供一間儲藏室讓我妥善保管這些雜物。

想要保留所有將來可能會用到的東西，是一種建立「安全感」的假象。其實我很少會因為實際的需要，而去取用昔日的物品；即使有需要用到，也常因為雜物囤積太多而遍尋不著。即使如此，我還是讓這些雜物圍繞四周。

直到有一天，提供給我儲存物品的客戶，所處的辦公大樓發生大火，出事的樓層付之一炬，其他樓層雖沒有直接被燒毀，卻因為受到嚴重煙熏而無法使用。我存放的「寶貝家當」形式還存在，但大多數的功能已經化成灰。

被迫割捨，練習放下

回想起來，這是我人生中印象最深的一次「斷、捨、離」，讓我徹底告別自己以為很重要、但其實並不真正需要的東西。可惜的是，它是被迫發生，而不是我主動的決定。

有過那次經驗，我對於保存東西，已經有點節制，但日積月累，還是需要持續清理，才能奏效。後來又經過幾次搬家、父親離世，必須花費驚人的精力，去處理掉很多東西，浪費大量的時間與心力，我才真正學會主動落實「斷、捨、離」的概念，將它培養成一種生活態度。

於是我漸漸明白：**能夠不過度倚賴不需要的物品，才是獨立人生的開始**。現在的我，雜誌看完當週就送人，唱片聽過將音檔存在電腦後就捐出，常跟朋友開玩笑說：「我要把家裡維持在一種看起來像樣品屋的狀態。」雖然未竟全功，但有八成的滿意。這不只是一種對物品的割捨，也是對執念的放下。

除了讓自己更清楚什麼才是重要的，更因此自然而然地呈現出生命中必須擁有的優先順序。原來，那些我們曾經以為很重要的，其實捨棄之後也沒多大關係；即使，沒有太多「以備不時之需」的存糧，還是可以活得下去。這種態度，也是一種難能可貴的自信啊。

放下執念；找回自信

在「勇敢豁達」與「晚景淒涼」之間，其實背後還有更睿智的選擇：放下執念，活出自信！

我，可以不用依靠這些東西活著！——這是在學會割捨之後，重新獲得的生命勇氣。

曾經在報上看到一位八十歲郭姓退伍老兵，未婚無子獨居多年，向來自力更生，他以「節省社會資源」為由，主動放棄「低收入戶」補助；長期靠自己在工廠打工維生。他晚年無法繼續工作，體力衰退到必須以輪椅代步，引起鄰里好心民眾的注意，主動找政府單位協助他補辦榮民證，以安養天年。

類似的個案很多，不知道你的解讀是什麼？很可憐、或很可敬？憐憫他的晚景淒涼，或尊敬他的勇敢豁達？

若能提早規畫「如何重新過一個人的生活」，最重要的目的，似乎就是在「勇敢豁達」的割捨之後，不要落得「晚景淒涼」的下場。但常被大家忽略的卻是：在「勇敢豁達」與「晚景淒涼」之間還有更睿智的選擇：因為放下執念，而活出自信的瀟灑。

長期以來，我們似乎都被社會扭曲的價值觀，教育成人生只有極端的兩個選擇：「沒錢，卻可以很知足。」、「有錢，但不一定快樂。」！很少人提出另一個可能：**無論有錢、沒錢，都可以因為接受現實，調整心態，而活得自在。**

試著把重心從自己身上，轉移到關心別人，或許是一個可以跳脫「總是為自己還沒存夠老本而感到焦慮」的方法。信手拈來的本土實例，是台灣台東的陳樹菊女士，在傳統市場賣菜，自己賺得不多，卻及時慷慨行善，捐出大部分的錢財，救助困苦的人。

另一個極端的例子，是連續幾年坐擁全球首富地位的美國微軟公司創辦人比爾蓋茲，他將大部分的財富捐出，即使因此而讓自己的持股比例降至百分之三，甚至已經低於另一位共同創辦人鮑默，也在所不惜。他和妻子聯名成立的「比爾與梅琳達蓋茲基金會」到二〇一四年九月底的資產達到四百二十三億美元，已撥出三百一十六億美元，捐助於全球小兒麻痺症、愛滋病、結核病、與瘧疾的防治與保健。

釐清自己真正需要的是什麼？

錢財，確實很容易成為窮人和富人的共同煩惱。

窮人，擔心沒錢可花；富人，掛念錢要怎麼花。位居窮人和富人之間的小資族，想的是：要如何才能攢更多錢，以應付餘生所需要的花費。

可見，**容易困擾大家的老本問題，真的不在於錢多錢少。而是釐清自己的心態：我究竟要的是什麼？**

如果暫時想不清楚，建議你可以先認識自己是哪一型的人？在為了無法割捨執念而掙扎的同時，參考山下英子的分析，你是下列哪一種類型：1.「逃避現實型」；2.「執著過去型」；3.「對未來不安型」？

有趣的是，我透過網路平台及實體講座，完成了一項調查，發現多數人都是「混合型」。三種原因都兼而有之，很難釐清自己究竟為什麼而在必須割捨的當下，猶豫著裹足不前。

所以我鼓勵大家開始丟棄或捐出日常不需要東西，這是練習規畫「重新過一個人的生活」的必經步驟，等你從衣櫥裡清除掉連續兩年內都沒穿過的衣服時，回頭再望著櫥櫃新增一半的空間時，你究竟要什麼的答案，就會漸漸浮現！

chapter 3

為自己——擬訂——生命清單

我們從小到大都有很多次許願的機會，
例如：生日、或是跨年，這些都是在充滿喜悅的氣氛下，提出內心的願望，
有的是深思熟慮、有的是隨便應付。
唯有面對人生重要的抉擇、或是生死大關之前，意識到自己的時間是有限的，
這時候積極想要實現過去未竟的夢想，
列成一串終於必須認真慎重以待的「生命清單」。

這張「生命清單」，會幫助我們看清楚自己真正在意的是什麼。

與其等到被醫生宣告生命進入具體日期的倒數計時階段，才開始認真構想，
不如當下開始思考：「我這一生最想做的事是什麼？還有那些尚未完成？」
透過條列此生最想完成的事項，沉澱自己內在的想法，
思考生命的價值，過濾掉雜七雜八的念頭，留下真正有意義的事，
將有助於規畫「重新，一個人」之後，嶄新的「第二人生」。

擬訂「生命清單」，看清自己真正在意的是什麼？

面對人生突如其來的無常，唯有選擇「勇敢接受，冷靜面對」，才能有所轉機。

弄清楚自己這一生所為何來，究竟真正想得到的是什麼？這，很困難嗎？或者，我們總要等到生命遇到急難關頭，甚至萬念俱灰、徹底絕望的時候，才能以覺醒的眼光看清自己的欲求與任務？

生命中有許多靈性的練習題，存在一種時間先後的奧秘：如果你提前去做，主動迎向挑戰，即使成效不盡如意，都能順利過關；如果你一直都不肯面對，非要老天出手命題，往往會以「意料之外」的形式出現，年紀輕輕，驟然倒下；四十壯年，突然入院；五十好幾，被迫退休；感情受騙，耗光積蓄……令你感到不知所措。

然而，不知所措的當下，至少還是有兩個選項：

1.「勇敢接受，冷靜面對」；

2.「不斷抱怨，繼續逃避」。

無庸置疑，面對人生突如其來的無常，唯有選擇「勇敢接受，冷靜面對」，才能有所轉機。這就是你此生需要完成的靈性課題，也就是上天要送給你的禮物，讓你去發現生命的意義。

重新聚焦於自己真的想做、也該做的事情

《一路玩到掛》這部美國電影，以趣味而感人的方式，令觀眾對生命的意義有深刻的省思。這部電影的英文原名是：《The Bucket List》，是指條列出一個人臨終前想要完成的事項，可以直譯為「生命清單」。電影描述兩位癌症末期病患，卡特．錢柏斯（摩根．弗里曼飾演）和艾德華．科爾（杰克．尼克遜飾演），在醫院相識之後，彼此支持對方完成「生命清單」的感人故事。

卡特是一名藍領黑人，艾德華是富商。當卡特獲知罹癌，寫下自己的「生命清單」；愛德華決定跟進，運用自己帶不進棺材的錢，和卡特一起實現死前的夢想。

他們開始環遊世界，玩高空跳傘、參加賽車、攀登金字塔、去非洲打獵……

形體愈是向外界走去，心靈就愈回到內心深處，發現此生不能留下的遺憾是：亟待修補的家庭關係與友誼。雖然他們在旅途中大吵一架，不歡而散，各自回家，但仍珍惜這段努力要實現「生命清單」的旅程。

劇情發展到這兒，他們的「生命清單」裡，仍有未完事項。在彼此的協助下，卡特在手術後過世之前實現了「笑到哭為止」（他終於發現世界上最貴的麝香咖啡，是從吃咖啡豆的麝香貓所排泄的糞便中提煉而成。）；艾德華則完成「親吻世界最美的女子」（他意外知道自己已經當爺爺後，與孫女擁抱時的親吻。）他們各自的願望都已圓滿達成，先後含笑而終，為生命畫下美麗無憾的句點。

除了《一路玩到掛》這部電影，最近幾年還有幾部具有代表性的小說，以青春的議題切入，包括：《16歲的最後心願》（皇冠出版）、《生命清單》（悅知出版）等，都是提醒讀者：珍惜青春，趁早想清楚，這一生所為何來，重新聚焦於自己真的想做、也該做的事情，不繼續浪費生命，才能活出自己精采的人生。

每個有覺察的當下，就是重新啟動第二人生的時機

愈是主動地、提前地、積極地為自己擬訂一份專屬的「生命清單」，完成的機會就愈高，留下的遺憾就愈少。

我們從小到大都有很多次許願的機會，例如：生日、或是跨年，這些都是在充滿喜悅的氣氛下，提出內心的願望，有的是深思熟慮、有的是隨便應付。唯有面對人生重要的抉擇、或是生死大關之前，意識到自己的時間是有限的，這時候積極想要實現過去未竟的夢想，列成一串終於必須認真慎重以待的「生命清單」。

這張「生命清單」，會幫助我們看清楚自己真正在意的是什麼？然而，對於重症病患來說，有些「生命清單」根本來不及實現，很可能空留餘恨，於是「想要完成的生命清單」竟變成「此生沒能實現的遺願」。

所以，與其等到被醫生宣告生命進入具體日期的倒數計時階段，才開始認真構想，不如當下開始思考：「我這一生最想做的事是什麼？還有哪些尚未完成？」透過條列此生最想完成的事項，沉澱自己內在的想法，思考生命的價值，

過濾掉雜七雜八的念頭，留下真正有意義的事，將有助於規畫「重新，一個人」之後，嶄新的「第二人生」。

愈是主動地、提前地、積極地為自己擬訂一份專屬的「生命清單」，完成的機會就愈高，留下的遺憾就愈少。

勇於看清事實，重新讓一切歸零

現代人的平均壽命都已經延長，中熟年朋友來到半百人生，即使有些閱歷、滿懷滄桑，也只不過是剛剛要從前半生跨過人生中線到下半場，看起來還是很有活力，身邊存了一點錢、心裡殘存著年輕時沒能實現的夢想（或發現有些事很想去做，只是從前受於環境所限、或為謀生計而不敢多想），此刻必須要妥善規畫自己的人生下半場，否則很容易錯過時機。

日本趨勢專家大前研一認為：年過三十就要開始為重新啟動「第二人生」（RESET）預做準備。他在《後五十歲的抉擇》（天下雜誌出版）書中說：「五〇年代，是思考第二人生，將思考化為行動的『轉折』時刻。」針對三十歲以上的上班族，提出中肯的建言，鼓勵讀者及早積極安排人生下半場。

大前研一以親身的經歷，提供讀者很正面的示範。五十歲以後的他，仍熱衷於旅行、運動、樂器，積極學習新事物，讓生命活得非常精采。

他對讀者直言無諱地談到，若逼近五十歲，仍不上不下地工作，就要認清自己在職生涯已不可能更上一層樓的現實，應該慎重思考，規畫人生下半場。此時必須要有足夠的膽識，勇於看清現實，割捨過去，讓一切歸零，才不會辜負自己。

延伸自己的專長，為別人開一條路

讀過大前研一的忠告，我相信很多中年人都有如當頭棒喝般被打醒，但有些朋友自己覺得庸庸碌碌過了前半生，此刻雖衣食無缺，但不知道自己真正想做的是什麼，而突然感到有點迷惘：「接下來，要做什麼呢？」我的體會是：如果你還是想不出要自己做什麼？就想想能為別人做什麼吧！

台灣六十五歲以上的高齡人口，近來每年創新高，二〇一四年新增十萬人，估計二〇一六年將超過幼齡人口。很多臨屆退休的前輩，已經早有警覺，開始規畫「自主又利他」的人生下半場。他們的規畫，已經不只是「退而不休」，而是積極地運用前半生累積的經驗與智慧，去做自己後半生真正想做的事情，而且成就別人。

文壇資深前輩汪詠黛，本身能寫能編，從服務二十七年的《中國時報》退休後，不再戀棧過去名片上的職銜，瀟灑過自己悠遊自在的生活，在廣播節目擔任客座嘉賓，將部分心力投入寫作教學，鼓勵學員寫出自己的故事。

從前我在ＨＰ惠普公司任職時，認識另一個銷售部門的主管程天縱，他後來晉升到惠普中國總裁，並歷任德州儀器亞洲總裁、富智康集團執行長，退休後投入「創客運動」，以自己三十五年的經營管理資歷，幫助年輕人創業。

以上兩個實例，是將自己的專長延伸到人生下半場，我還在媒體報導上看到過很多藉由啟動「第二人生」而跨領域的成功個案，包括：退休艦長轉行當廚藝老師、企業老闆歸鄉當農夫、金融界副總變身溯溪教練……令人欽羨的成功經驗不勝枚舉。我之所以要列舉這些個案，就是要與你一起勉勵：不要害怕，勇敢踏出去！天無絕人之路。繞不出去的原因，並不是沒有路走，而是決心不夠。

逐年更新「生命清單」

隨著人生階段不同，自己的歷練與使命也不一樣，視當下的需要，更新「生命清單」，可以讓念頭聚焦，想法更明晰。

屬於我的「生命清單」，來得甚早。

其實我從小就不斷自問自答著：「我是誰？」「我的人生要往哪裡去？」「我的天命是什麼？」「我還有哪些任務要完成？」

每一次提問，未必立刻有具體的答案，但至少模模糊糊地拼湊出一些朦朧的畫面，漸漸交織出一張網，釐清一些方向。

三十三歲那年，我在台灣微軟公司工作，剛從「產品行銷經理」被晉升為「直效行銷經理」，忙完手上有關Microsoft Windows、Word、Excel、PowerPoint、Office等產品不同版本的開發與行銷專案，結束長達四年每天朝九晚十一加班拚命工作的型態，面對辦公室組織規模的快速擴大，接踵而來無效率的會議與人事紛擾，我心中那個警鐘又不斷響起：「我這一輩子，只能這樣賣電腦產品嗎？」「我的人生，要的是什麼？」「我還要繼續這樣下去嗎？」

這些問號的後面，跟上來一個決心：我放棄在微軟公司的大好前程與龐大金額的股票選擇權，脫離上班族的生涯，做自己真正想做的事：創業——創辦行銷管理顧問公司！

不再只是單純為賺錢而工作

當時，我以為這就是我的「第二人生」了。

雖然那時候的我，尚未累積足夠可以退休的財富，但因為多年努力工作所得到的自我肯定，心中早已建立一股「願意努力付出心力，就餓不死！」的自信，勇敢從「被雇用的上班族生涯」退役，因此往後的人生我幾乎不曾再為了純粹「賺錢」的目的而工作，至少我賺的都是會讓自己覺得有意義的錢。

從創業至今，我所答應承攬的顧問工作，都是自己真正很開心、很樂意、很甘願的，我也同樣用這樣的熱情，鼓舞和我一起工作的團隊。

當你用熱情全力以赴，就永遠不覺得自己在工作，而是開心地享受生命，用上天賦予的才能去盡情玩樂。

在我的認知中，三十三歲那年，我已經在「為錢賣命」的職場上，自動申請提前退休了！從此，不必再過任何一天「只是為賺錢而工作」的生活。當時，我列的「生命清單」很簡潔：

1. 照顧父母，頤養天年；
2. 每隔幾年就去巴黎以「long stay」的方式長住一段時間；
3. 以行銷與管理知識與經驗，幫助更多個人或企業；
4. 用自己能力，照顧所愛的人。

仔細而慎重地規畫一張「生命清單」，未必保證可以順利如願以償，但是可以讓你愈來愈清楚，該把人生的重心，擺在你真正需要付出的地方。

調整生命清單，認清當下使命

我創業之後的人生發展很曲折，如同佛教界流傳的警世善語：「你永遠不會知道，無常與明天，哪個先來？」事業才剛步上軌道，深獲客戶信任的我，卻開始經歷母親中風、父親離世等至親生命的重大變故，兩件事情相隔五年先後發生，卻都一樣來得很突然，讓我的人生在遭受重大撞擊後，有機會更貼近靈性的本質，更進一步再釐清：我要的是什麼？

隨著人生階段不同，自己的歷練與使命也不一樣，視當下的需要，更新「生命清單」，可以讓念頭聚焦，想法更明晰。

隨著年紀愈長，愈發現自己要的物質並不多，逐年修訂「生命清單」，幫助自己重新聚焦於真正在意的重點。

或許，項目會因此而減少，但任務可能變得更重要。

幾年前，我很榮幸有機會受教於法鼓山聖嚴法師，他曾對我開示：生活實際所需很簡單，一碗飯、一張床，就夠了。放下自己的執念，利益眾生，才是生命的歸途。

這個體會，不但帶來割捨欲求的勇氣，也產生內在的自信——相信自己有能力可以妥善安排，以有意義而且幸福的方式度過餘生。

先幫助最愛的人圓夢，
回頭犒賞自己；
分享彼此的人生，
雙方都會因此而精進。

每完成一項「生命清單」，內在的自信就更增加一些

從創業到母親中風、父親離世，幾件重要的生命經歷，可以把我的人生粗略地劃分為幾個不同的階段：創業到母親中風之前，我處於意興風發的狀態；母親中風到父親辭世之間，我在人生的低谷療癒傷痕；父親走後，我學習承擔所有責任。因為每個階段的人生使命不同，所擬訂的「生命清單」內容也逐年更新。

陪雙親一步步走入銀髮世界，我們一起學習面對生命的春夏秋冬。父親離開之後，家裡只剩我和母親。面對生命大事，我必須預作安排。有時候，看到媒體播出重大意外災難，我也會試著跟母親聊聊人生中難以預測的「萬一」，分享我對自己身後事的看法。

雖然每次我小心翼翼提到「萬一，我比您先走」這個假設，母親總是很忌諱，不准我繼續往下談，但我前前後後溫柔地試過很多次，終於完整陳述完畢。

我跟她說，這一生活到這裡，我很滿足。無論吃喝玩樂、工作或旅行，我都已經盡情盡興，沒有任何缺憾。我現階段活著，最重要的任務，就是要陪伴母親，讓她安享晚年。

為別人創造更多幸福

當我發現所需的物質其實並不多，甚至生活都已經練習到處於「減法」的概念中，那還要靠什麼動力過活？

經過這十幾年來的摸索，我發現了另一種甜蜜的生活態度：為別人而活！如果自己的物慾很低，所要的並不多，就負責為別人創造更多幸福吧！從家人、朋友做起，再擴及到對陌生人的付出。

此後的每年，我都會修訂自己的「生命清單」，並且參照現實的狀況，逐步完成各項計畫。

三年前，我排除萬難，拿出積蓄，邀請兩位姊姊一起，陪行動不便的媽媽去加拿大旅行，當我們四個人安靜地散步於露易絲湖畔、登上冰原欣賞奇景、在班夫小鎮泡溫泉，彷彿回到童年的時光，好似父親也與我們同在。

從加拿大回台灣隔年，我們又一起回到父親的故鄉，距離中國大陸福建廈門還要三小時車程的梅州縣紹安，探望父親久違的兄弟與家人，看著母親與幾近百歲高齡的大嬸相擁而泣，父親此生未盡的鄉愁，在剎那間化為我們心中永遠的幸福。

當我逐步完成以上兩項「生命清單」，母親的身心狀況出奇地大躍進，心情變好，帶動身體復健，每位見到她的親友都很驚訝地鼓勵說：「妳比從前健康很多。」我相信是因為這兩趟旅行，她成功地克服心理的和肢體的障礙，產生前所未有的自信，也對往後的人生有些具體的美好盼望，所以愈來愈有精神、有活力。

去年秋天我出資，拜託兩位姊姊陪媽媽去日本九州看楓葉。母親玩得很開心，今年並再接再厲舊地重遊她最想念的黑部立山。

每一項心願的完成，都是每一次無憾的選擇。**當我們愈來愈確定自己所要的是什麼，內在的自信就又多增加了一些。**

尤其，若是你想要完成的事項，是去幫助別人圓夢，當美夢成真的時刻，就等於彼此替對方達成「生命清單」的一個項目，創造了雙倍喜悅與幸福。

打造人生下半場的圓夢計畫

除了替母親圓夢，我也犒賞自己，終於完成重返巴黎的心願。

這是我二十年來一直條列在「生命清單」上面，但尚未「打勾」（確認已經做到）的事項。從巴黎返回台北，歷經二十一天的時差調整，徹夜不想睡覺，後來我發現：那不是時差，而是我的心還留在巴黎，遲遲不肯跟著身體回家。深深的感觸、滿滿的感動，讓我情不自禁地寫下《每一次出發，都在找回自己》（皇冠出版），這本書雖然並不是我當時年度預定中的一項出版計畫，卻意外觸發許多讀者的感懷，啟動他們往內心深處探索自己的旅程。

先幫助最愛的人圓夢，回頭犒賞自己；分享彼此的人生，雙方都會因此而精進。

至於對陌生人的付出，基於「為善不欲人知」的傳統教育，請容我暫不表列。但我確實因此養成逐年更新「生命清單」的習慣，讓心中的千頭萬緒可以聚焦，並在逐步完成的項目中，發現無比的溫柔自信。

當我有很多機會可以告訴自己：「很棒啊，你一定可以做得到！」自由無畏的人生下半場，就在眼前低調而華麗地不斷展開。

chapter 4

如果——不工作——呢？

在決定開始規畫「第二人生」的時候，
面對「要不要繼續工作？」這個問題，所需要思考的層次，
不只是「有沒有存夠養老金？」而已，還包括你之前對工作又愛又恨的依存度。
想辦法釐清你愛工作的哪個部分、心裡又對工作懷著哪些怨恨？
才能在情感上千頭萬緒的斷捨離之後，回答自己：「要不要繼續工作？」
否則，離開職場，嚴重的失落感，
可能讓你莫名其妙地回頭懷念起每天趕著打卡上班的生活。

倘若之前真的都只是純粹為錢而工作，一旦有了足夠的養老金，絕對不想再繼續工作！
你就必須謹慎理財，存夠老本，累積足夠的經濟支持，從此安享晚年。
好好休息一段時間，確定不再投入任何工作之後再想想，
接下來有沒有重新「做自己」的可能，
有沒有哪些年輕時候的興趣或夢想，例如：重拾你曾想過卻沒有付諸行動的廚藝、
樂器、書法、唱歌、舞蹈、藝術……以求在人生下半場活出自己，不留遺憾。

該辭職或退休了嗎？

要先問自己：能否對工作保持高度的覺察，並維持熱情於不墜。

無論官方規畫的「法定」退休年紀是幾歲，有關何時能放下工作，總是存在兩種不同的態度：有些人希望賺夠養老金，愈早退休愈好；另一些人則因為熱愛工作或權力，但願永遠不要離開職場。

或是，這兩種聲音同時交錯在同一個人的心底，左搖右擺，不斷掙扎——既希望早點退休、又希望繼續保有金錢收入或權力地位。如果不提早面對，做出選擇，到最後通常是被迫做決定——不是被任職單位強迫退休；就是因為健康因素而無法繼續勝任原有的工作。這兩種因素，還存在一個共同點：工作時，心情不愉快，甚至跟朋友抱怨說自己在職場上生不如死。

用「痛不欲生」的心情去上班，雖有好的工作績效，很容易被公司列於優先退職名單之內；加上在辦公室長期鬱鬱寡歡，心情影響生理，不得病才怪。

以上陳述的下場很淒慘，但卻普遍發生於職場中。如果你不想被迫失業或退休，最好早點面對現實，想清楚：工作，對你的意義是什麼？當你可以提早規畫，即時主動做出抉擇，就不會讓自己陷於險境。

如果你到了人生下半場，還疑惑地說：我不知道我對什麼工作有興趣？無疑地，前半生你確實在打混。人生，難免要為自己的打混付出點代價，所幸你現在看到我對你的提醒，也算為時不晚。

掌握所有的主控權，對自己的人生負全責

我主持電台廣播節目長達二十年，常接到聽眾的Call-in，詢問：「我想轉職，請問我換到那一個行業比較好？」即使平常禮貌溫文如我，還是會對他當頭棒喝：「如果你自己都不肯花時間認識自己的興趣，培養自己的專長，就算我現在大膽地鐵口直斷，說你適合去開太空船，你能勝任愉快嗎？」

還有些朋友，仗著自己年輕氣盛，彷彿剛從大學畢業，講話就可以大聲：「我換過幾份工作啊，但就是沒興趣！」

每次聽到這些聽眾或朋友，無助而憤慨的吶喊，我的感觸總是很深。**尚未真正投入百分之百的心力之前，沒有權利任意放棄自己。**

回顧我的上班族生涯的履歷（詳情請參閱《其實，我這麼努力——吳若權的精采履歷》天下文化出版），大部分的時候，我都因為太熱情投入，而完全不覺

得自己在工作，即使服務於高科技行業，每天上班時間超過十六個小時，依然因為興奮不已而捨不得下班。

坦白說，我其實也有過短暫不愉快的工作經驗。只不過，我刻意讓不愉快的工作時間，縮短到幾乎無法列入於履歷之中。事過境遷，仔細分析，我用了兩種不同的策略：

（1）積極把沒興趣的工作，盡力做到有成就感，自然就會培養出興趣來；

（2）付諸全力之後，確認自己真的無法勝任，就趕快換工作。

總之，我要對自己負責，把握主控權，我可以淘汰工作，絕不容許被工作淘汰。

覺察熱情已經有所變化，就要勇於做出改變

我剛進ＨＰ惠普科技公司時，被分派去負責HP 9000系列科技電腦工作站的行銷企畫。因為我是學企管的，本來是渴望能擔任HP 3000系列商用電腦工作站的行銷企畫，但因為部門任務編制早有規畫，我必須承擔HP 9000系列科技電腦工作站的任務。這款電腦的主要功能，是被應用於航太、汽車、機械等設計。對我來說，真是既外行、又棘手。

但因為我很喜歡ＨＰ這家公司，而且夢寐以求想擠進來，好不容易被錄用，

我就得好好做下去，於是開始天天啃書，花了三個月時間研究電機、機械、引擎等基本原理，終於搞懂HP 9000系列科技電腦工作站的功能與特色，跟客戶聊天時，居然有工程師問我：「你是學電機的嗎？」表示我也學得有模有樣了！再沒興趣的工作，都被我做出興趣來。

另一次感覺難熬的短暫經驗，是在Microsoft微軟公司任職的最後階段，大約維持三、四個月的時間。當時我實在無法忍受因為內部組織變革而導致的溝通無效率，而且預估這種情況將會愈來愈嚴重，為了不犯下我最忌諱「一邊做、一邊怨」的錯誤，我很快就決定要離職，開創自己的事業。

我常鼓勵朋友們：一定要對自己的工作保持高度的覺察，當你熱情豐沛到完全不覺得自己在工作，就是最幸福的狀態。這時候，你不必會擔心升遷或加薪，好事都會跟著你的付出，很自然地發生。

相對地，如果你始終沒有找到這股熱情、或熱情已經漸漸淡去，就必須主動做出改變，才不會在職場上失去內在的信心，以及經濟的依靠。

我是為錢而工作嗎？

請先釐清「工作」與「金錢」的關係。
它們可以彼此相愛，但不要互搞曖昧。

當我還是上班族時，有段時間常加班到午夜一、兩點。

有一次，老闆問我：「你為了什麼加班到這麼晚？」

當下我很率直地回答：「程式中的某些中文指令必須統一，為了趕專案進度而加班。」

他說：「不，你並不是為了趕專案進度而加班！」

我很疑惑，他難道在質疑我嗎？

最後他說：「你要知道，你之所以加班，並不是為了工作，而是為了你對工作的熱情。」

那一夜，恍然大悟的我，很感謝他的指點。原來，工作最高的層次是：為了熱情！不是進度，也不是金錢！（你懂得的，高科技業是責任制，沒有加班費！）

不可否認地，在此之前，工作和金錢，存在很明確地對價關係，雖然這是一種感覺（日語諧音叫做：奇檬子！）很難具體說出正確的比例，但是薪水的數字會影響你對工作的滿意度；每年的加薪幅度，也決定你自認為的賣命工作，在老闆眼中是否真有價值！

「工作」和「金錢」可以相輔相成，正向循環

每個人，包括我在內，可能都有過為錢而工作的階段。無論是為自己、或養家活口。對於工作，我有個主張：「**為錢工作並不可恥；一邊賺錢、一邊抱怨，導致不夠敬業，才是很糟糕的態度。**」

到現在，我已經是多家企業的顧問，反而很怕碰到開口閉口都是：「我不是為錢而工作！」的年輕人。在我的觀察裡，若從學校畢業就因為家庭供養而衣食無缺，尚未為獲取金錢報償而在工作上努力奮鬥過，完全沒有把錢放在眼底，就必須要有更高層次的激勵動機，否則很難在職場堅守崗位、盡心盡力。

無論是否為錢而工作，或有其他的成就動機，工作會帶來金錢的報酬，這是無庸置疑的。「工作」和「金錢」的關係，可以彼此相愛，但不要互搞曖昧。

「工作」和「金錢」，應該相輔相成，彼此正向循環。你在工作投入的熱情愈多，薪資單上獲得的報酬也愈多。但不要不清不楚、不明不白。有些人會說：

「錢，不重要！比較在意工作性質，是不是有興趣、有意義。」但其實每次談薪資或加薪時，都非常錙銖必較。

還有另一種人，十分戀棧名片上的職銜。工作，對他而言，不只是金錢的報酬，更是無形成就感的來源，或是社會尊貴地位的象徵。當他離職或退休，嚴重地感到頓失所依，除了沒有金錢可以繼續進帳，還失去他心中所憑藉的虛榮感。明明已經離開原來的單位，卻對外不斷聲稱自己是「前董事長」、「前總經理」、「前總幹事」、「前執行長」、「前社長」、「前總編輯」……彷彿沒有名片上的職銜就無法過日子，這就不是有錢沒錢過下半生的問題，而是面子與虛榮的罣礙了。

累積經濟後盾；找到真正興趣

在決定開始規畫「第二人生」的時候，面對「要不要繼續工作？」這個問題，所需要思考的面相，不只是「有沒有存夠養老金？」而已，還包括你之前對工作又愛又恨的依存度，想辦法釐清你愛工作的哪個部分、心裡又對工作懷著哪些怨恨？才能在情感上千頭萬緒的斷捨離之後，回答自己：「要不要繼續工作？」否則，離開職場，嚴重的失落感，可能讓你莫名其妙地回頭懷念起每天趕著打卡上班的生活。

倘若之前真的都只是純粹為錢而工作，一旦存到足夠的養老金，絕對不想再繼續工作！你就必須謹慎理財，存夠老本，累積足夠的經濟支持，從此安享晚年。

你可以好好休息一段時間，確定不再投入任何工作之後再想想，接下來有沒有重新「做自己」的可能，有沒有哪些年輕時候的興趣或夢想，例如：重拾你曾想過卻沒有付諸行動的廚藝、樂器、書法、唱歌、舞蹈、藝術……以求在人生下半場活出自己，不留下任何遺憾。

如果在開始規畫「第二人生」之前，是非常熱愛自己的工作，或熱愛到完全不覺得自己在工作，就可以繼續保持熱情，或以傳承的精神，延續你所熱愛的道路。

如何重新看待工作價值？

從自己真正的興趣開始，永遠不嫌遲；
也可以是為了改善這個世界，而努力不懈。

截至目前為止，你正在閱讀的這本書，是我的第一〇四號作品。即使因為讀者閱讀習慣改變，出版市場明顯萎縮，我還是很喜歡寫作，每天花兩、三個小時閱讀及創作，期許自己維持能量不墜。也許未必每部作品都能廣受好評、或暢銷熱賣，但只要不讓出版社虧本，或又能得到幾位讀者知音，就感到很開心。

幾年前，我開始創辦「吳若權私塾——熟女寫作班」就是希望以自己對寫作的熱情與經驗，凝聚更多社會正向的能量，幫助辛苦大半生的熟女們，回到生命的初衷，在人生下半場，活出更真實的自己。

我同時開始規畫另一種傳承經驗的方式，將多年來行銷與企管顧問的資歷，結合人生的體會，推出「吳若權幸福學院」，透過網路平台分享影音內容，並舉辦實體課程及講座，幫助大家透過身心靈的平衡，而得到無可取代的幸福。

值此之際，我再度重讀一次美國哈佛大學商業院企業管理系教授克雷頓．克里斯汀生（Clayton M. Christensen）的大作《你要如何衡量你的人生？》（天下文化出版）。他曾對哈佛商學院畢業班發表一場極具影響力的演說，以他親身經歷過的人生百態，提出一個重大疑問：為何追求成就的人常常掉入不幸的陷阱？

他看到哈佛商學院裡，許多學業成績優秀的同班同學，努力追求事業發達，渴望出人頭地，後來卻與配偶離婚、與小孩疏離，甚至鬧出醜聞、犯罪入獄，這些事與願違的人生，究竟出了什麼問題？

透過思考工作價值，找到生命的答案

克里斯汀生教授，一九五二年出生於美國猶他州鹽湖城，是一名虔誠的摩門教徒。他曾在楊百翰大學和牛津大學攻讀經濟學並取得碩士學位，後來進入哈佛大學商學院攻讀企管碩士，並取得哈佛大學商學院企管博士學位。

這場演說引起廣大迴響，深刻啟發學生對生命中重要問題的思考。因為克里斯汀生教授當時正遭逢人生重大的試煉——他罹患淋巴癌，正在忍受化學治療的煎熬。而他的父親，之前也是因為同一種癌症過世。當他與疾病奮戰時，反覆思索自己的人生是否過得有意義，並終於明白：「**上帝衡量我的人生，不是用金錢，而是我可以幫助多少人，變成更好的人！**」

他說：「人生有很多問題既複雜且困難，每個人的際遇也都不同，你必須自己努力去尋找答案。」在《你要如何衡量你的人生？》書中，他希望每個人都能回答自己三個重要問題：

1. 如何使工作生涯成功、快樂？
2. 如何讓自己與配偶、兒女、朋友的關係成為快樂的泉源？
3. 如何堅守原則，以免除牢獄之災？

以上三個問題，發人深省，當然也適用於正在規畫「第二人生」的你。尤其在職場的進退之間，如何重拾自己真正有興趣、又能發揮天賦的工作，更是讓「第二人生」精采可期的關鍵。

或許人生的前半段，真的是懵懵懂懂、甚或是渾渾噩噩過去了，趁你有覺知要開始過「重新，一個人」的生活，認真而嚴肅地省思工作的性質，當你可以不再為錢而付出心血勞力的時候，工作的理想與熱情就更純粹地浮現於你的選項之上。

熱愛生命的人，把工作當作享受

長期為家母治療中風後遺症的中醫師張駿先生，高齡一〇四歲，仍然懸壺濟世，持續行醫救人。如果他只是熱衷於賺錢，早就可以退休享清福；他是熱愛這份職責，以病患的健康為念，才堅守醫療的崗位，繼續奉獻。

另一位典型的代表，是蘋果公司的創辦人賈伯斯。罹患胰臟癌的他，把人生的最後一點一滴都貢獻給他最熱愛的產品、最鍾愛的公司。他的人生所有過的高低起伏，劇烈震盪更甚於常人。他曾被迫離開蘋果；後來重回老家。他輾轉於生命的不同跑道；卻又殊途同歸。正如他所說：「你的時間有限，不要浪費時間去走別人的道路。不要受教條羈絆，聽命於別人思考的結果。不要讓他人喧囂的意見，淹沒你內心深處的聲音。最重要的是，要鼓足勇氣去聽從內心和直覺的召喚，因為它們已經知道你真正想成為一個什麼樣的人。其他一切都是次要的。」

所以，別因循舊規，一退休就馬上投入去當純粹服務人群的義工，雖然那也很有意義，但你更可以考慮具有使命感的傳承，哪怕只是一項並非媒體閃光燈鎖住焦點的技藝，只要是你充滿熱情，而且學有專精的項目，都可能為你的「第二人生」開啟前所未見的光明前程，帶給自己更豐富多元的幸福感。

chapter 5

關於——理財——這件事

每個人的收入與經濟情況不同，性格上也有冒險與保守程度的差異，
必須量身訂做適合自己的理財組合，
才能在經濟無虞的前提下活出快樂的人生下半場。

儘管「單身貴族」這個名詞兒在我們社會流通多年，
但多數保險公司並不知道，沒有伴侶、沒有子女的單身人士，
真正需要的保單內容應該長什麼樣子？
反而一窩蜂推出很多結合「壽險」與「定存」功能的保單，
表面上看起來好像很有保障，但實際的理財功能相當有限，
扣除通貨膨脹之後的利益並不多，頂多只是提供心理上的安全感。

住宅的需求，是啟動「第二人生」時很必要的考慮。
手中已經有房產的人，可以學習如何「以房養老」；
沒有自用住宅的人，要留意「單身集合式多功能社區」的新趨勢。

理財，不只是處理金錢而已

你的理財態度，
反映出你的品格高度，
決定你的金庫厚度。

很多朋友都以為我是學商的，必定很懂得理財。其實這個說法只對了一半，學商的人未必懂得理財。不是學商的人，也有可能把財富管理得很好。

好友知名主持人及暢銷作家吳淡如，大學讀法律，研究所唸中文，卻是我心目中的理財高手。在她出社會工作多年，回校園讀ＥＭＢＡ之前，已經是個億萬富婆。（真抱歉，我講出她的秘密，而且竟用「婆」字形容，其實她年紀很輕，我只是要讓大家對熟知的「億萬富翁」這個說法，有個對照。）

我有很多朋友，白手起家，來自小康家庭，認真工作，打拚幾年後，累積不少財富。淡如，是成功的典範之一。我也碰過一些看起來有錢、有權、有勢的人，但其實負債累累。

在金錢的驚滔駭浪中，看盡人海沉浮，我歸納如下的致富法則：理財的態度，多半與個性有關；而理財工具的選擇與組合，則需要專業知識與經驗。這是學校沒有仔細教給大家，卻是對人生極重要的一堂課。如果可以早點學會，後半輩子將會輕鬆很多。

媒體報導常用的那些負面標題：不吃不喝多少年，才能買房子！適用對象，正是從來不肯花心思好好學習理財的人。

配合收入、個性與年紀，規畫理財組合

當我剛過三十而立之年，就因為服務於同一電台的女主持人發明一句口號「人不理財；財不理你！」而深知理財的重要性。那時的我還算是年紀輕輕，歷任幾家外商高科技公司，相對於本土傳統產業，每月薪資比較高、年終獎金也比較多，還有股票選擇權。但在同班同學中，我算是累積財富速度最遜色的。同窗好友裡面，有很多位同學都因為懂得操作股票，而投資置產買房。

雖然我很羨慕他們的財富，內心卻不慌張。關於理財，我曾在接受媒體專訪時，提出一個理論，稱之為「賺跟自己很像的錢」，意思是說：順著自己的個性去投資理財，不要因為恐懼而裹足不前，也不要因為貪多而躁進。

因為我的個性踏實，比較希望用穩紮穩打的方式理財，從剛開始上班工作，就擬訂具體的理財計畫，隨著每個月省吃儉用之後累積的儲蓄增加，在活期存款、定期存款、股票、基金之中，配置適當的比例。站穩腳步之後，才開始留意外幣、黃金與房地產等其他多元化的理財工具。直到目前為止，財富僅夠養家活口，但至少衣食無缺，已經夠讓我感恩到謝天謝地。

理財方式，因人而異；共通原則，必須把握

每個人在「存到錢、理對財」之後，都可以說出一套自認為很厲害的理財原則，其實沒有對或錯，都是可以參考的投資經驗。最近幾年，我也開始幫三十歲左右的上班族，開辦「第一桶金理財營」，幫助重視生涯規畫的年輕上班族，可以在財富的路上，一開始就走到正確的方向。

在課程中，除了邀請很多金融專家教授理財課程，我最常分享的以下幾個很基本的觀念，放諸四海皆準：

1. 賺跟自己很像的錢：先認識自己的個性，才能客觀地分析風險。
2. 自己的錢要自己管：不要把錢請人代管，也不要像「菜籃族」般道聽塗說。
3. 別把雞蛋放同一籃：要設定適當的比例，分配於不同的理財管道。
4. 保持可調整的彈性：依照狀況彈性調整，不可墨守陳規，避免過度執著。

以上準則，同樣適用於開始規畫「第二人生」的熟齡朋友，無論你是三十歲、四十歲、五十歲，或年紀更長的朋友，隨時可應用以上四個準則，來檢視目前的資產配置，如果你可以連給自己打四個「✓」，表示你的理財態度是很健康的。

我深信：一個人的理財態度，反映出內在的品格高度，也會決定將來的金庫深度。當你不願意為了追逐眼前的利益，就出賣自己的道德，將來就有機會憑本事，賺到更多財富。

保險，並不真正保險

選對適合自己的保險產品組合，養老才能夠無後顧之憂。

每次購買金融理財產品，銀行都會要你填一份問卷，測試你承擔風險的能力。問卷裡面有幾道題目，大概的範圍包括：目前的年收入與固定存款的額度、過去購買金融理財產品的經驗、對這次投資的報酬期望、能夠忍受的損失範圍等。

大致而言，他們認為年紀尚輕的投資者，可以嘗試風險度略高的理財產品；年紀較大的銀髮族，最好看緊老本，配置較多的比例於定期存款、或風險度較低的產品。

偏偏我有一位單身的朋友並不同意以上說法，他擁有固定資產，也有足夠養老的錢，其他的資金都是可以動用的，放在銀行的利息少得可憐，若不投資於積極性的理財產品，很容易因為通貨膨脹而貶值。

因此，他從來不管銀行理專說的那套保守建議，而是積極把閒錢拿來投資外幣。在人民幣上揚力道強勁，中國股市熱絡的那段期間，短短半年內，他獲利超過新台幣兩千五百萬。

從這個特殊個案可見，每個人的收入與經濟情況不同，性格上也有冒險與保守程度的差異，必須量身訂做適合自己的理財組合，才能在經濟無虞的前提下活出快樂的人生下半場。最近這幾年，很多保險公司開始規畫各種聲稱可以獲利的理財產品，鼓勵中壯年的朋友投資，但真正令人滿意的產品並不多見。

儘管「單身貴族」這個名詞兒在我們社會流通多年，但我很驚訝除了少數優質保險公司之外，多數保險公司並不完全徹底了解，沒有伴侶、沒有子女的單身人士，真正需要的保單內容應該長什麼樣子？反而一窩蜂推出很多結合「壽險」與「定存」功能的保單，表面上看起來好像很有保障，但實際的理財功能相當有限，扣除通貨膨脹之後的利益並不多，頂多只是提供心理上的安全感，難以打動真正懂得投資理財的單身朋友。

買保險，要避免人情壓力、以及一時衝動

常有長輩朋友，看到電視廣告，強調「免體檢，住院有補助，每天只要不到○○元，就可享受保障！」的廣告，都感到非常心動。

甚至好友的父親，看到廣告後很衝動，立刻打電話要去投保，勉強被子女勸阻下來，卻氣憤難平打電話對我訴苦：「我就是不想拖累子女，才要投保。為什麼連我花這點錢，他們都要管！」

老人家只是被電視廣告打動，沒有真正完全了解保單內容。經過我解釋，那只是意外險，並不是醫療險，而且理賠項目有很多限制，對他而言，並不真的符合所需，也不划算。

跟大多數人一樣，我剛出社會工作，常因為人情壓力而投保，直到目前這個階段，還是有很多保險公司的業務代表，透過不同管道關心我的需求，適時介紹他們認為不錯的保單給我。對於這些熱絡的關懷，我都心存感激。但是，對保險業務員提供的資訊，未必要照單全收，一定要多多比較，同時也回來參照自己真正的需要。多數保險產品，無法一次滿足所有需求。尤其是單身人士，若有意妥善管理「第二人生」，讓後半輩子活得沒有後顧之憂，就要仔細比較及評估，再選擇符合所需的保險產品與組合。

定期檢視保單，依照實際需要調整

我年輕時犯過很嚴重的錯誤，很多保單都是透過家人向他們熟識的壽險代表購買，自己活在「擁有很多保單；具備多重保障！」天真幻想的假象之中。

說來還算幸運，截至目前為止，我個人的生活大致平安，健康尚無大恙，沒有需要申請保險理賠。直到幾年前，基於開始規畫「第二人生」之需，我把所有的保單拿出來詳細檢視、逐一比對，發現過去購買的保單，很多都已經不適合現在的我。

例如：二十幾歲到三十幾歲那幾年，買的都是應付身故之後可以有所補償的壽險，住院醫療等補貼相對較少。或許，在那個階段需要類似的保障，以免萬一有個差錯，父母頓失所依。時光荏苒，我已進入中年，目前最大的任務，是陪伴母親，安養天年。單身的我，沒有伴侶及子女，並不需要留下太多身故後的保險理賠金；反而需要的是生病住院、或年老之後的長期照護所需。

目前市場上已經推出一些新型態的保險產品，強調針對養老的需求，在醫療看護、長期照顧上的著墨較多，甚至連失智的照護都列為重點項目，適合單身人士、或不想拖累子女的長輩朋友參考。但每家保險公司的產品，內容看似大同小異，細節處卻各擅所長，你一定要先搞清楚自己的需求，留意保單合約的內容，尤其是疾病名稱種類，才不會掉入廣告行銷的陷阱。

無論保單規畫多麼周延，保險產品多麼巧妙組合，都只能提供部分的經濟補助。**我們需要保險，卻不能完全依賴保險。有關人際關係的網絡，以及心理支持的系統，必須同步規畫、有效整合，**才能在開啟「第二人生」之後，安心隨著歲月腳步，進入養老階段的過程，讓自己無後顧之憂。

養房的迷思，有土斯有財？

年紀大了更是一定要有自己的房子，這個想法已經不合時宜了。

重新開始規畫「第二人生」的當下，在下定決心想要捨棄眼前「不是自己要的人生現況」時，很容易因為「習慣待在舒適圈，不願意做出改變」，而突然浮現莫名的不安全感——怕存錢不夠後半生過活、怕突然生病沒人照顧、更怕沒有房舍流落街頭。許多台灣人打拚一輩子，每天省吃儉用，就是希望擁有自己的房子。偏偏，都會區的房價又貴得令多數上班族咋舌。

以恐嚇閱聽大眾做為賣點的媒體，對這類新聞的炒作，從來就不遺餘力。下列新聞標題，你一定耳熟能詳：「台北買房最難，要不吃不喝十五年才買得起！」「在台北困難度，超越香港、溫哥華、倫敦！」讓目前沒有自用住宅的熟齡男女，連存錢都沒有動力。

買房確實困難，退而求其次，考慮租屋的話，下列新聞標題，也令你替自己的未來憂慮：「房東眼裡總排行，獨居老人最不受歡迎！」「單身中壯年，無房可租！」「逾四十五歲大叔，有錢租不到屋！」有家媒體還特別邀請專業人士，對此現象發表高見，他說：「到了一定的年齡，就應該要有家庭、要有房產、要有一定社經地位。房東看到前來租屋的這個人，年紀不小，卻還是需要靠租房子遮風避雨，就會懷疑他的背景、他的收入。」

是的。當你還沒有房產時，思考的角度難免被這些社會輿論牽著鼻子走。但是，只要你願意換個角度想，或許看法就會完全改觀。

買房，算投資；養房，是花費

假設你從三十歲開始，熬過不吃不喝的十五年，在四十五歲買一幢房子住進去，還是要繼續支出稅金、水電、維修、管理費等，百歲之後，這個房子要如何處理？留給兒孫爭產、或捐給政府做公益？

以商業會計角度來看，買房、養房，都要很多錢。買房，算投資；養房，是花費。如果省下這筆錢，住在不是自己終身擁有的房舍，但換得更好的生活品質，你是否願意呢？

從這個問題開始思考，「不一定要擁有自己的房子」的念頭就會漸漸萌芽，你的整套理財架構與計畫，都要重新建立與規畫。

東方人的傳統思想總是：有土斯有財。年紀大了更是一定要有自己的房子?!但是這個想法，可能已經不合時宜。

我的好友Ben，最近做出重大的決定，徹底改變他的理財方式。他從大學畢業，退伍之後，一直在時尚界工作，從門市做到店長，靠存錢、買股票、投資基金，四十歲那年在台北買了一間套房自住，過了幾年又因為工作遷徙，在台南另買一幢透天厝，做為投資用途。

去年他搬回台北，趁房價還不錯的時候，將兩幢房舍售出，留著一大筆現金，靈活運用於生活的支出與穩健的理財。

他跟我說：「從前拚命賺錢、存錢，覺得買房子很重要，但後來仔細回想，並不一定要擁有自己的房子，等我老了，走了，房子要留給誰？與其背負著龐大的貸款買房、養房，還不如租個不錯的房子，剩下的錢，可以讓自己生活品質過得更好一點。」

如今，才剛滿五十歲的他，已經正式退休，租屋於新北市，靠定存與理財，過著閒雲野鶴的生活。每天行程雖不緊湊，卻十分充實。早上看股票市場動態，下午去健身房運動，閒暇出國旅行，有時受邀教授理財課程。生活自由自在，沒有後顧之憂。

他的實例，表面上是自動放棄自有房產的形式，趁價錢好的時候售出，換成更多現金用於更靈活的理財規畫，背後卻呼應了那句理財終極名言：「人最怕的是活的時候沒錢花;死的時候沒把錢花完!」意思當然就是,追求一種「把錢用到剛剛好」的人生,但這不僅需要嚴謹理財的老謀深算,也需要極大智慧割捨的勇氣與決心。

處理「房事」的新概念,「以房養老」政策已成形

除了出售房屋換現金養老,現今已有公辦「以房養老」的政策,可供選擇。以台北市為例,在前市長郝龍斌任內,已經推出「公益型以房養老方案」。執行方式是接受六十五歲以上的年長者申請,可以將房子先行抵押,獲取養老的固定生活費,原有的老人福利補助,照樣可以領取,絲毫不受影響。

將來這位長輩離開人世時,倘若他歷年來領取的生活費,超過房產價值,差額將由市府吸收。法定繼承人也能夠以付費方式,將房產贖回。

如果屆時房產價值高於領取的生活費,則由市府取回。這位長輩若有繼承人,可以回饋給繼承人。房價在這段期間調漲的部分,由市府獲得六成、繼承人獲得四成。

推算概況,舉例如下:房價新台幣一千萬元,六十五歲申請人每月可領生活費兩萬四千九百元,八十歲申請人,可領最高四萬三千元。

現階段由公家單位先試辦,未來盼望能夠帶動銀行、保險公司一起合作續辦,讓「以房養老」成為新的風潮。

萬一沒房子怎麼辦？

銀髮共同住宅將成時尚。
北歐已經有成功實例；台灣正要迎頭趕上！

在積極規畫「第二人生」時，之前若有能力置產，後來又有決心賣房養老，這是令人稱羨的模式；然而，如果經濟能力尚未到達這個階段，沒有自住房舍，要靠租屋過生活的人，該怎麼辦？

無論購屋或租屋，都會地區的成本太高，舉世皆然。搬到郊區，對銀髮熟年的朋友來說，居住成本降低，但購物、醫療等生活機能又不方便。住宅問題，懸在兩難之間。這是大問題，該如何解決？

儘管各國政府都有意穩定市場，抑制房價過度膨脹；但是首善都會地區的房價，對於積極規畫「第二人生」的朋友來說，還是高不可攀。而住宅成本如此昂貴，最大原因當然是因為僧多粥少，基於安全感而必須擁有自用住宅的人口甚多，其次的原因是大家都用傳統觀念在構想住宅空間的需求。傳統小康之家的住宅空間，通常是三房兩廳；若是單身人士，可能會考慮小坪數的套房。

如果大家的觀念可以逐步修正，接受「生不帶來；死不帶去」的說法，放棄必須要有自用住宅的堅持，就可以舒緩房市價格不斷上漲的趨勢，當買方意願的力道漸弱，談判的條件優勢就會增強，賣方必須向市場機能妥協。租屋成本也會隨之下降。

以歐洲為例，十年來空屋數暴增。目前有超過一千一百萬間空屋分布在各國，相當於可容納現行難民數量的兩倍。這些空屋大多數都是投機客買來投資或度假用，閒置的比例甚高。西班牙議會已經強制要求銀行，讓空屋重新回到市場交易，或做為社會住宅。

根據正式統計資料，台灣空屋大約八十六萬戶，其中又以高雄市空屋率最高，達百分之十。當房市供過於求，就潛藏房價泡沫化的危機。

新式集合式住宅，同時滿足長輩與年輕人的需要

未來還有另一個可以創新思維的觀念，就是將居住空間的需求，朝向共同集合式住宅規畫。不再被傳統三房兩廳，或小坪數狹窄的單身套房所限。

我曾經在中廣流行網主持的廣播節目《媒事來哈啦》中，針對「獨居，我一個人住！」這個主題，製作過專題報導，以下是我當時收集到的寶貴資料。

以歐睿國際（Euromonitor International）所做的調查結果顯示：全球獨居人口

從一九九六年的一億三七萬，到二〇〇六年正式突破兩億人，十年內增加三分之一。獨居人口最盛的地區，以歐美國家為首，尤其瑞典的比率最高，全國將近五成為獨居戶，因此首都斯德哥爾摩還被封為「全球獨居首府」，近六成住宅都只住一個人。

斯德哥爾摩獨居的比例高達六成一，這個城市社交生活的活絡程度，卻是瑞典首屈一指，他們為獨身者打造專屬的集合式住宅，歡迎單親媽媽、單身銀髮長輩、以及不分性別年齡的獨身人士入住。

整棟大樓的空間規畫，包括一間多功能餐廳，有小型升降梯可送餐到每一個獨立房間，還有公共廚房，以及設有滑汙道運送髒衣物的洗衣間，和一群付費的洗衣員，同時也有托兒所。這種「單身集合式多功能社區」住宅，既享有個人空間，也能互相照顧，是一項成功的典範，居民滿意度很高。

據我所知，台灣很多非營利性組織，非常關心人口快速老化的趨勢，正結合政府與民間力量，積極規畫並建設具有醫療照護功能的老人社區。花蓮的門諾醫院經過十幾年華路藍縷的努力，靠著對善心人士募款、以及小額捐款，已經有初步的建設結果呈現，位於花蓮壽豐鄉的「門諾老人照顧社區」正提供偏遠地區在地養老的另一種可能。

30、40、50世代理財原則

30世代：

離退休時間尚早，承擔風險的能力較強，投資態度可以依據個人收入及儲蓄狀況而不妨大膽一些。保險產品以醫療險、意外險為主，除非有特別顧慮，不用買太多昂貴的儲蓄險或終身險。

40世代：

已經具備基本經濟能力與儲蓄，若能克制消費欲望，將月薪的一半以上存下來，投入於儲蓄、以及量能較高的理財規畫，可以開始涉獵房地產，逢低買進，不要搶快。保險產品，要視自身與家庭需要而彈性組合。

50世代：

資產配置要多元化，不要把雞蛋擺在同一個籃子裡。定期檢視自己的投資與保險組合，不要死守，也不能冒進，掌握平衡的精神，並且要以終身規畫為原則，提前開始為退休做好準備。

要多深的感情，才能安心？

2

/ PART / TWO /

人生最後，
有可能終將
只剩下
自己一個人。

讓離開你的人
放心地走，
彼此願意祝福，
才能留下幸福。

chapter 6

我們——會永遠——在——一起嗎？

很多人在痛失至親摯愛之後來找我幫忙，希望藉由傾訴苦悶或尋求解答，
來化解心中的痛苦，感傷地說：「我再也無法去愛了。」
有些人則懊惱地說出自己做不到的反話：「我能不能愛他九十九分就好？」
也有兩性專家好像打預防針般，提醒傷心的人，若要避免深愛過後的創傷，
必須先學會：「要多愛自己一點。」

其實，愛對方或愛自己的比例，無法具體拿捏及分配。
更何況，重點根本不在於你愛對方多少，而是要放下對於貪愛的執著。
深刻去體驗「無常」，
並不是要我們活在「隨時將會失去什麼」的恐懼之中，
而是要學會面對「人生最後有可能終將只剩下自己一個人」時候的勇敢。

當你可以懷抱著廣義的大愛開啟「第二人生」，
從此不再擔心自己會失去什麼，反而愈付出愛，心中愈有幸福的感受。

我們(不)會永遠在一起

永遠在一起！
這是美好的期待，卻是可追求、
但未必要達成的目標。

我們會永遠在一起嗎？

當一段關係剛開始的時候，相愛的雙方，連想都不用想，就以為這個問題的答案，絕對是肯定的。否則，幹嘛要在一起呢？不過是浪費時間與生命。

無論跟你發展這段關係的，是一個男人、一個女人、一個小孩、一隻貓、一隻狗……都是以「我們會永遠在一起！」為前提，才會慎重地開始這段感情。

其實你心裡也有所準備，疑慮或強或弱、恐懼或深或淺、問號或大或小，提醒著自己：「就算是永遠，究竟會是可以走到多遠？」弔詭的是：關係愈好的時候，愈不去想它；而愈不在乎這個問題的時候，關係也壞到連答案是什麼都不重要了。而還有更令多數人覺得不可思議、卻又不得不同意的是：對於和另一半能走多久的信心，可能還低於對寵物的依賴。

天長地久，只是想像

好友阿奇從親戚那兒領養一條小狗，取名為：「盼盼」。命名原因是牠的回眸看他的眼神，充滿等待主人回家的期望。

阿奇一開始就知道這品種的狗，年壽大限平均大約十二～十五歲，很珍惜彼此相處的時光。領養盼盼那年，他剛大學畢業，帶著這條狗，從南部北上工作。時光匆匆，阿奇換過三個工作、五個女友，來到三十五歲，他過完慶生派對，唱過ＫＴＶ回家，恍然發現盼盼已經從小狗變成老狗。打開家門時候，牠依然搖著尾巴，發出吠叫，但尾巴搖得有氣無力，吠叫低沉斷續。

幾個月之後，盼盼臨終時，阿奇正出差外地，接到房東緊急通知，趕回送牠就醫，已經回天乏術。阿奇抱著盼盼的身軀，不斷發抖，無聲痛哭。這是他人生的第一次生離死別，痛到他大澈大悟——原來，我們不會永遠在一起。而這個覺悟帶給他的傷心與省思，還多過於前五任女友。

理由很玄奧、也很簡單：相愛時，對「我們會永遠在一起」的信念愈深刻；分手時，「永遠」結束在彼此轉身的那一刻，內心就愈痛苦。

我們或許會被別人厭棄，但寵物卻對我們相對忠心。阿奇和女友交往的時候，雖然也曾短暫地以為「我們會永遠在一起」；伴隨著相處的摩擦、吵架的次數增加，「我們會永遠在一起」的信心漸漸動搖成為「我們或許不會永遠在一起」；終於在分手後，接受殘酷的事實：「我們不會永遠在一起」。

從「我們會永遠在一起」、到「我們或許不會永遠在一起」、最後發現「我們不會永遠在一起」，正是所謂「無常」的顯化，會因為變化過程中時間的長短，以及接受與順應的難易度，而決定你對生命認知的多寡、體悟的深淺。

愛再怎麼深，終究必須面對分離

我曾不只一次在論述兩性相處主題的散文著作中提到，兩個人無論相愛再深，都有離別的一天。相愛的人，常不能同年同月同日生，也不會同年同月同日死（除非是天災人禍的意外），總有一天會先後離開。

堅定想要好好愛一個人，甚至愛到「沒有你，我會死！」的地步，如此慘烈，未必是好事。等你慢慢經歷人生的悲歡離合，就會體悟愛情真正的道理：年輕時因為吵架而分手，固然留下遺憾；老邁時因為死亡而訣別，同樣會很哀傷。很多人以為，愛太深所以才痛苦，其實這個想法只對了一半。**愛深，若懂得成全與祝福，痛苦就值得承擔。**

真正的痛苦，其實是來自無法放下「我們會永遠在一起」的執念，不甘心地苦苦垂詢：「你怎麼可以這樣狠心，留下我一個人……」

唯有回到生命的本質，接受「我們不會永遠在一起」和「愛到最後，終歸會到只剩下我一個人。」這兩個的事實，然後做好「雖不萬全、但足夠安心」的準備，才能自由無畏地開啟你的「第二人生」。

然而這樣的認識並不建立於理性或殘酷的基礎，反而可以讓我們在「有人相愛」的時候，更加珍惜感恩，「剩下一個人」的時候，更加溫柔堅定。

想想身邊這個你所摯愛的對象，終有一天會離你而去，只有加倍珍惜感恩，才會讓你學會從「不捨」到「能捨」。當愛到剩下一個人的時候，也就因為無悔無憾，而加倍溫柔堅定，確定自己可以帶著祝福，好好度過餘生。

我們會永遠在一起嗎？

這句話問號之後的餘音裊繞，帶給我們對生命的領悟，知道「我們未必永遠在一起」，但「我一個人也可以好好活下去」，才是「永恆」真正的意義。讓那個離開你的人，放心地走，彼此願意祝福，才能留下幸福。

愛他九十九分就好

重點不在於將愛給對方多少，
把愛留給自己多少，
而是要放下對小愛的執念。

知名趨勢專家、也是成功企業家、PC Home創辦人詹宏志，和妻子美食文學作家王宣一，為獨子台灣設計師詹朴第五度入選倫敦時裝週，參加作品發表盛會而同遊歐洲。賢伉儷在義大利中部城市柏魯加（Perugia）火車站等車，準備前往鄰近奧維多（Orvieto），候車前為了打發零碎的等待時間，而選擇在麥當勞小坐。沒想到夫人王宣一女士突然感到頭暈，旋即趴在桌上，救護車抵達時，發現她已經驟然辭世，享年五十九歲。

「無常」是一位不請自來的老師，隨時可能出現在生命某個的角落，提醒我們珍惜相處的可貴，以及自己做好「隨時可能變成只有一個人」獨處的準備。

王宣一女士的遺體在義大利火化，由詹宏志先生從羅馬帶回台灣。第五度入選倫敦時裝週的詹朴獨自留在當地，忍著悲痛參加秋冬大秀。貴賓區第一排座位，雙雙缺席的父母座上，擺著淺黃色的康乃馨，是懷念與追思，也是感恩與告慰。

無論失去的摯愛，是伴侶或是父母，留在世上的這一方，在頓失所依之後，都有一段重新適應的路途。

幸運的話，經過摸索或碰撞，靠著親友的安慰、宗教的力量、靈性的學習，而找到「重新，一個人」的重心，活出屬於自己的「第二人生」。但也有不幸的個案，遲遲無法走出失去摯愛的傷痛，罹患憂鬱症，甚至走上不歸路。

痛失至親摯愛，須提防憂鬱纏身

曾以《江行初雪》獲得時報文學獎小說首獎的前輩作家李渝，在台大求學時與教英詩的老師郭松棻相戀，兩人一起赴美求學並結婚，夫妻鶼鰈情深。

因為參加保釣運動，涉及政治敏感，兩人無法回台，長期旅居美國，相依為命。未料二〇〇五年七月，郭松棻老師中風去世，李渝女士一直無法走出傷痛，熬了將近十年的孤單歲月，在紐約家中自殺過世，結束七十歲的生命。

佛家常講，相處時愛得愈深刻，離別時痛苦就愈沉重。所謂「愛別離苦」，正是佛陀所說的「人生八苦」（生、老、病、死、怨憎會、愛別離、求不得、五蘊熾盛苦）之一。當我們與所親所愛的對象，因窮緣盡，無法繼續，就感到非常痛苦。佛法教人要積極去認識這種痛苦的由來，就可以有力量去承接沉重的打擊，順遂這樣的因緣來去，不會抗拒情起愛滅的自然循環。

很多人在痛失至親摯愛之後來找我幫忙，希望藉由傾訴苦悶或尋求解答，來化解心中的痛苦，感傷地說「我再也無法去愛了。」有些人則懊惱地說出自己做不到的反話：「我能不能愛他九十九分就好？」也有兩性專家好像打預防針般，提醒傷心的人，若要避免深愛過後的創傷，必須先學會：「要多愛自己一點。」

其實，愛對方或愛自己的比例，無法具體拿捏及分配，不像一條吐司可以拿來分配，決定要幾片給對方、留幾片給自己。更何況，重點根本不在於你愛對方多少，而是要放下對於貪愛的執著。

要勇敢面對「一個人」的未來

世間的情愛，有狹義、廣義之分。

大愛，是對一切眾生不計回報的付出；小愛，局限在彼此之間的歡愉與占有。而唯有斷除對小愛的執著，才能免除頓失所依的痛苦。

就如《大般涅槃經》：「因愛生憂，因愛生怖，若離於愛，何憂何怖？」當你可以懷抱著廣義的大愛開啟「第二人生」，從此不再擔心自己會失去什麼，反而付出愈多的愛，心中愈有幸福的感受。

你引領自己來到這個階段，就會發現：「我們會永遠在一起」和「我們不會永遠在一起」，都是幻象與妄想，你可以敏銳覺察自己，才是真實的人生。

深刻去體驗「無常」，並不是要我們活在「隨時將會失去什麼」的恐懼之中，而是要學會面對「人生最後有可能終將只剩下自己一個人」時候的勇敢。

以自己為軸心

回到以自己為軸心的世界，並非小情小愛、自私自利，而是大情大恩、是自重自愛。

人生，若是一段旅行。有時候，結伴而遊；有時候，踽踽獨行。然而，路途再漫長，最後總會回到自己的房間。

很多讀者看完我相隔二十年重返巴黎的自我成長分享書《每一次出發，都在找回自己》（皇冠出版），十分感動地回饋給我，屬於你們自己的旅途，在每個篇章中都有人間遊子相似的心情與感動，而最讓我感到心靈契合的是：許多讀者在看完最後一篇〈回到自己的房間〉時，都感動落淚。

遠在西雅圖定居的讀者米粒，寫電子郵件給我，提到：「你是怎樣的靈感巧思，把這篇文章放在最後結尾，道出所有旅人最深刻而難以言喻的心情？」

我回信跟他說：「我沒有特別刻意去設計或安排，如同書上說的，我遊遍世界各地，最感到心安自在、快樂幸福的，不是名勝、不是美食，而是路途中所住過的每個房間。」即使那只是可以告別所有友伴、放下一切行囊，真正和自己好好相處的片刻時光。

而最重要的是，我並非害怕世俗的紛擾，而消極地逃回自己的所在。若是那樣，我想我最不能面對的是自己。相反的，我是經歷一切紅塵繁華，回歸自己的初心，重拾簡單而勇敢的自己。

從「自私自利」，到「自重自愛」

回到以自己為軸心的世界，並非小情小愛、自私自利，而是大情大恩、自重自愛。

因為主持廣播節目的機緣，這二十年來我常接到來自世界各地的朋友傾訴，最慘不忍睹的現實，並非很窮、很苦、很孤獨，而是一直讓自己活在委屈哀怨之中，彷彿全世界的人都對不起他，而他活著就是替別人受苦。

典型的情節如下：中年熟女說，這段婚姻讓她活得很不愉快，前半生都虛度耗擲在不值得的關係裡。問她：「為什麼不離開呢？」她回答說：「為了小孩。」

實情是：小孩都已經長大，經濟也無後顧之憂；甚至，連小孩都鼓勵她離婚。她離不開的是：自己已經**習慣**待在痛苦的舒適圈。肉體上的如坐針氈，卻是心理上的避雨遮風。她**習慣**擁有婚姻表相帶給別人的完整感，覺得離婚就是人生失敗的象徵。她**習慣**被丈夫糟蹋及嫌棄，覺得女人就應該順從丈夫，才是有美德的表現。她習慣對別人抱怨瑣事，以便獲取局外人的關心與憐憫，然後在同聲斥責先生：「這男人不是東西！」中，相對襯托自己很偉大。

不肯對自己的人生負責，把一切錯誤都推給別人。這個思考模式，是開啟「第二人生」的最大阻礙，若不大刀闊斧清除，永遠只能繼續困在被自己假想營造的痛苦現況之中。

以上述的個案來說，我並非鼓勵那位熟女一定要離婚，而是認為她要拿回人生的主導權，以自己為人生的軸心。她若想繼續留在婚姻裡，就要清醒地告訴自己、以及大家：「這是，『我』，自己的選擇！」

千萬不要沉溺於以下的惡性循環：明明是害怕孤單，沒有勇氣過一個人的生活，好不容易有個不完美的男人來湊數了，還嫌他粗魯沒格；明明是自己依賴成性，不想改變現狀，卻推說環境很艱困，只好委屈地忍著。

學會控制你所能付出的愛；而不要被愛控制

延伸前述的案例，到所有上班族的困境，大部分的模式都是一樣的。你不要——做一行；又怨一行。想找工作沒本事；又嫌薪水低。自己心態不開放；又推說別人老是封鎖你。

只要你願意回到「以自己為人生的軸心」的立場，就可以更獨立勇敢地看清楚現狀，並做出明智的決定，而且有足夠的意願與能力，為自己所做的決定負責。從此，不再過度依賴一個人、一段關係、一項職位、一種藉口，也就不會和任何不愉快的情緒作困獸之鬥。於是，你的生活中再也不會出現以下的句型：「都是因為○○○，我不得已才☆☆☆！」

你會愈來愈清楚地知道：「我不會跟這個人永遠在一起！」「我不會跟這個工作永遠在一起！」「我不會跟這個藉口永遠在一起！」，於是你學會放下這些罣礙，面對最真實的自己。

當你再度願意為別人付出，純粹就是自己心甘情願，不是為了交換對方的尊重或感念，你終於可以無畏地對別人付出愛，而不再乞討別人的愛。你願意建立並享受一段關係，但不會被那段關係所控制。

從此，你將不再有讓自己不開心的藉口，只剩下非讓自己幸福不可的理由。

chapter 7

放下——才能快活

在重新開啟「第二人生」的當下，放下過往所有的恩怨，
包括：一個傷害過你的人、一段滿佈創傷的感情、一份其實並不願意回想的記憶，
都是很必要的作為。這不只是宣示決心，也是清除障礙。
過去的感情，無論誰欠誰，都是一筆無法討回的債，別讓它成為你的負擔。

不幸的成長經驗，猶如成長路上的一塊石頭。
它，可能阻礙你繼續前進；也可能幫助你爬高一點。
它，究竟是阻力、還是助力？差別在於你如何看待、如何運用？

埋怨或妒恨，只會讓我們感覺人生的包袱更沉重。
唯有回到自己的內在，對一切的遭遇感恩，
為所有的結果負責起，徹底卸下心防，
才會重新感覺生命，讓自己活得更輕鬆。

恨到死，不值得！

為了恨一個人，葬送自己的青春，到死都不瞑目，非常不值得。

人活著，有很多功課要做！如果對過去的人生感到不滿意，要先學會放下一切的恩怨，才能重新快活。

愈接近中年，愈發現朋友圈裡，有兩種個性極端發展：一種人，愈活愈輕鬆；另一種人，愈活愈糾結。

仔細研究，那些愈活愈輕鬆的人，無論財富或感情，多半得到很多、或也曾失去過，但經歷人生起伏，終於看開，能得、能捨！

相對地，愈活愈糾結的人，心底累積許多情感的新仇舊恨，帳戶囤積不少錢財的貸款負債，無論聊天說到什麼話題，都能惹出他情緒底層的憤恨難平。甚至，他以為能夠支持他後半生繼續活下去的力量，就是爭一口氣、討一個公道、或報復一個人。

雖然我同意：爭一口氣、討一個公道、或報復一個人，可能是奮鬥的支持力量，但帶著很負面的磁場。經常看兩性書籍的朋友，必定對以下的說法感到熟悉：「感情挫敗時，讓自己活得更好，就是報復對方最好的方法。」我從年紀很輕的時候，就對這句話，感到十分惶恐。後來，看過很多實例，更加印證：那不是個好方法。人真的不能靠報復的心態活著，副作用太多了。

最簡單的道理是：如果你讓自己活得更好，純粹只是為了報復對方。等到你報復成功之後，或是對方已經不存於這個世界，你一旦失去報復的動機，就再也沒有讓自己活得更好的動力，屆時就像洩了氣的皮球。而且報復成功的你，並不會真正快樂。

走出成長陰影；對自己人生負責

有位女性好友的父母感情不睦，她從小學六年級，就知道爸爸有外遇，中學時候還發現，爸爸跟外面的阿姨有小孩，但媽媽始終不肯離婚，也不准爸爸去阿姨那邊過夜，只要爸不順從，媽就以死相逼。爸媽貌合神離，看似住同一屋簷，實則三十年沒有說過話。

如今這位好友已經四十五歲了，因為對婚姻始終存在很大的陰影，從未交過正式男友，卻曾經上網找陌生男性，體驗被奪去貞操的感覺，從此對男人更加仇視不屑。

媽媽勸她要趕快找個好男人嫁掉，甚至說：「我把妳老爸拖在這婚姻裡，就是希望妳結婚時有父母同坐主桌，不會被說閒話。」她聽了臉上三條線，腦海一陣烏鴉飛過。

她確信自己不會結婚，只希望媽媽可以活出自己、活得快樂，不然她捨不得丟下母親去追求自己可以「重新，一個人」生活。但眼看著自己已經快速地要往五十歲大關邁進，媽媽的想法和做法，依然還是很傳統。

聽了很多朋友好言相勸，她決定要對自己的人生負責，終於用多年來的存款，在住家附近，買一幢小套房，搬出去自住。媽媽為此不諒解，把對付老爸的那套方法故技重施，一哭、二鬧、只差沒來個三上吊。

但畢竟媽媽年紀大了，黔驢技窮，大吵過幾次，慢慢接受她的做法，沒事還會來她的套房看看、聊聊，感嘆說：「當年我要是有妳一半的勇氣，或許今天不會落得如此下場。」

割捨過去的不愉快，迎接全新的未來

為了恨一個人，葬送自己的青春，到死都不瞑目，非常不值得。

我還看過很多例子，都是被劈腿後，死不放手，甚至寧願從正宮淪為第三者，鼓足「勇氣」、做好「準備」，想跟對方耗一輩子，就是不給他們稱心如意、絕不讓他們好過，但此項報復計畫未必真能得逞，卻注定會讓自己有很長一段時間都非常不快樂。

如果他能把這些「勇氣」和「準備」，用於割捨過去的不愉快，迎接全新的未來，結局必定完全不同，至少可以得到快樂的自己。

在重新開啟「第二人生」的當下，放下過往所有的恩怨，包括：一個傷害過你的人、一段滿佈創傷的感情、一份其實並不願意回想的記憶，都是很必要的作為。這不只是宣示決心，也是清除障礙。過去的感情，無論誰欠誰，都是一筆無法討回的債，別讓它成為你的負擔。

打開親情的蝴蝶結；接受生命的禮物！

不要拿過去的不幸當藉口，
無論原生家庭成長經驗是好是壞，
都要讓自己幸福。

不只錯綜複雜的小情小愛，會牽絆你想要開啟「第二人生」的意念；親情的糾葛，也容易令人裹足不前。對於原生家庭存在過度的依賴或陰霾，都會是下半生繼續追求成長的罣礙。

原生家庭的生活經驗，無論是好、是壞，很容易成為往後追求自我成長的資產或負債。我要分享給你一個關鍵的觀念是：打開親情的蝴蝶結，接受生命的禮物！不要拿過去的不幸當藉口；也不要因為沉溺於過去的幸福而不肯向前走。

蘇珊身為企業家的么女，從小就被爸媽捧在手心當公主，連疼愛她的媽媽都不只一次假裝吃醋的說：「妳果然是妳爸爸前世的情人！」但她長大後的感情路，卻很不順遂。

經過事後多次討論，我們發現最主要的原因是：她把所有想追求她的男生，都拿來跟父親比較，各個顯得不如；而少數能夠與她的家世相稱匹配的男生，卻嫌她太過於嬌生慣養，有所謂的「公主病」。

年過四十的她，每天待在家裡，既不上班、也不參加社團或聯誼，成為豪宅裡的宅女。爸爸既擔心事業沒人接棒，也煩惱獨生女的未來。如果兩老都走了，就算坐擁幾億的遺產，剩下她一個人，該怎麼辦？

由這個實際的個案可以看出，「重新，一個人！」不只是中年男女本身該面對的議題，若自己不能及早開啟「第二人生」，是連銀髮父母都會被牽累進來，根本無法對中年子女放心。

而蘇珊對於自己「經濟富裕、爸媽疼愛」的成長背景，感恩之餘也有遺憾，認為自己從小欠缺磨練，不夠獨立，看似物質條件什麼都有，內心卻極端沒有安全感。她既戀棧這些好處，又覺得被這些好處羈絆。

無法忘掉童年記憶，但可以選擇改變自己

另一位朋友的經驗，是不同的極端，童年的成長經驗，可以說是非常的悽慘。

他是爸爸在婚姻中外遇的偏房所生，小學五年級母親過世後，被爸爸帶回家給元配扶養，成為那個家庭的眼中釘，大媽毒打他，同父異母的哥哥性侵他，妹妹輕藐侮辱他。

十六歲那年，他終於逃出家庭，在家具工廠當學徒。老闆收留他，和太太把他當自己的小孩，替代式的親情，讓愛慢慢流進來，總算把他從墜落谷底的命運拉回。但他的內心像個無底洞般，無法被愛填滿，不斷渴求更多的愛。

他透過一段接著一段的戀愛，試圖找到歸屬感。二十一歲，奉子結婚；二十三歲，又因為妻子外遇離婚。二十五歲重拾書本，考上大學。三十二歲創業，再婚、又離婚。四十歲，碰到一個對他告白帥氣輕熟男，發現自己彷彿愛的是男人。

然而在同性的世界，感情和婚姻並不如他想像的容易。真愛短暫或長久，其實無關性別，而是自己能否肯定及珍惜，以及對方能否以同理相待。戀愛、同居、吵架、分手，換了枕邊人，同樣的循環卻不斷上演。

謙卑地和往事握手，重新開始生活

快要五十歲，他才在靈性成長的課程中，召喚自己靈魂深處對幸福真正的渴望。他在筆記本寫下我在課堂上的一席話：**當我們不再一味地尋求被愛，有自信可以無條件對別人付出，幸福才以純樸的面貌前來和自己相遇。**

這時候的他，重新愛上異性。年屆半百，讓一切歸零。過去的紅塵紛擾，如今在歲月中沉澱。他帶著新婚的妻子，回去屏東看中風多年的父親，捧著現金新台幣二十萬想孝養大媽，卻發現她有輕微失智的症狀。大媽依稀記得他的母親，提起名字來仍然有恨，卻完全不記得他是誰。曾經性侵他的大哥，幾年前因案入獄；常常欺侮他的小妹，死於感情不順而自殺。

再度站在十六歲那年他離家的大門，實心的木框早已被白蟻蛀蝕，他抱著父親痛哭，新婚妻子過來握緊兩個男人的手。人生如戲，顯然屬於他的劇情比較曲折。放下恩怨，未必立地成佛，但終於學會謙卑地和往事握手，重新開始生活。雖然生活中有一位身分是太太的女人陪著，但心態上他比任何時候的自己一個人更獨立、也更自由。

和自己和解；不再與世界為敵！

對一切的遭遇感恩，為所有的結果負責，
才會重新感覺生命，
讓自己活得更輕鬆。

不幸的成長經驗，猶如成長路上的一塊石頭。它，可能阻礙你繼續前進；也可能幫助你爬高一點。它，究竟是阻力、還是助力？差別在於你如何看待、怎麼運用！

知名的美國電視脫口秀節目主持人歐普拉（Oprah Winfrey），小時候成長的過程極其艱苦，卻能夠從三餐不繼的赤貧童年，奮鬥整整半個世紀，成為年賺新台幣一百億元的富婆及慈善家。

她出生於美國密西西比州一個典型的黑人貧苦家庭，父不詳。媽媽因為她來人世報到，而成為別人口中的「未婚青少女」，把她交給外婆代為扶養，自己遠赴芝加哥打工。直到她六歲，才北上依附母親生活。九歲被同住的親戚強暴，十四歲重複了母親未婚生子的命運，不同的結果卻是男嬰早夭。隨後，媽媽再把她送到田納西州納許維爾市的理髮師裴濃（Vernon Winfrey）處寄養。

幸好，歐普拉的外婆和裴濃都非常重視教育，鼓勵她要多讀書。資質不差的她，生活平穩後，成績明顯進步，並在演講比賽及表演獲得優異成績。儘管她連大學都沒有畢業，卻在十九歲唸高中時，進入廣播電台兼職，一路把自己拉拔成為全美收視率最高的電視主持人，後來還創辦最大的媒體王國。

你的心，是宇宙中最精準的導航器

天下雜誌曾刊載歐普拉受邀到史丹福大學為畢業生演講的內容摘要，她在演講中分享「給年輕人的三堂課」，分別是：

第一課：誠實面對感覺。

她說：「感覺，就像你生命中的ＧＰＳ導航器，會引導你做或不做。你的情感會帶領你，竅門是每次做決定先管住你的自我（ego），細細問你的心。我做的每個對的決定，都來自內心的感覺。當你不知道該如何做決定時，靜下來，完全地靜下來，直到你聽見自己內心的聲音。這不僅會改善你的生活，也會讓你的職場工作增加競爭力。今天，個人成功的路徑不再靠邏輯、規則、線性思考，而是感情、喜悅、動機。」

第二課：從失敗中學功課。

她說：「不要只為自己而活。想要得到真正的快樂，除了活在當下，你還得為一個比自己更大的意義而活。往前行必須有所回饋，生命中最可貴的，就是你能夠回饋。」

在這段演講內容中，她有一段話在網路上被瘋狂轉載：「當你受傷，就去撫慰受傷的人。當你痛苦，就去幫助痛苦的人。當你陷入一團糟，唯一走出迷霧的辦法，就是帶別人走出迷霧。」

第三課：付出才是真正的快樂。

她說：「不論你在哪個領域，就讓你的工作，成為一種回饋。這將使你的生命更有價值，也會讓你感到快樂。」

對一切的遭遇感恩，為所有的結果負責

我常在授課中，以歐普拉的實例，與同學分享在人生中逆轉勝的唯一秘訣，我自己也因為這個秘訣而受用無窮，那就是：

放下過去，和自己和解；不再與世界為敵！

當你對別人有所不滿，其實正反映出自己內在的脆弱；當你覺得別人都對不起你，很可能是你從未善待自己。

埋怨或妒恨，只會讓我們感覺人生的包袱更沉重。唯有回到自己的內在，對一切的遭遇感恩，為所有的結果負責，徹底卸下心防，才會重新感覺生命，讓自己活得更輕鬆。

歐普拉為自己扭轉命運的歷程，猶如從人間煉獄爬向名利雙收的天堂，很典型的實現了一個美國夢。她說：「一個人可以非常貧窮、低微，但是不可以沒有夢想，只要夢想存在一天，就可以改善自己的處境！」

功成名就的她，在美國擁有「喊水會結凍」的影響力；但她卻很安於享受一個人的世界。在《全世界最有影響力的女人——歐普拉傳奇》（圓神出版）中，她提到：「要接受友誼總有結束的一天。」再好、再壞，所有的人與事都是過客，放下恩怨的同時，也放下內在的恐懼，終於可以活出靠自己就能夠勇敢的美好人生。

chapter 8

對父母——說——我愛你

銀髮父母在中年子女面前極力展現強勢，
常是為了掩蓋內在擔心自己「好像愈來愈不中用」的弱點。
只要中年子女能夠認識並接受這個事實，彼此的態度都會變得柔軟，
去除為矯飾脆弱而故意表現強悍的武裝，看見雙方一直非常相愛的本質。
認清這一層心理的奧秘，就不難發現：
中年子女與銀髮父母的緊張關係，讓彼此既相愛又疏離，
明明很想擁抱對方，卻又擔心被刺傷。

銀髮父母和中年子女之間，存在著一面被歲月塵封的鏡子，
你只要勇敢地勤於擦拭，就會看到一個真相：原來，我們這麼相像。
從小到大，我以為最討厭你的某些方面；
人到中年才發現，我其實也跟你一樣。
接受父母並不完美的事實，等同於接受自己也不夠完美。
我們放下對親情無懈可擊的完美追求，回到平凡人生的角落，重拾珍惜與感恩的心。

主動化解和父母的緊張關係

讓彼此可以坦然面對過往，
也能溫柔地珍惜當下，
以及愈來愈短的未來。

無論爸媽活到多老，不管子女成長到幾歲，在爸媽的眼中，子女始終是長不大的小孩。這不只是一種感覺，更是無法改變的事實。有時候，很幸福；有時候，很無奈。

總是會在某次衝突發生的當下，你突然驚覺：曾幾何時，青少年階段和父母的緊張關係，原來並沒有隨著自己的漸漸長大而慢慢舒緩；或當你終於來到中年時期，依然感受到父母強烈的控制慾？

從「會下雨，要記得帶傘啊！」「會變冷，要帶外套啊！」到「別拖了，再這樣下去，等你老的時候，會孤苦伶仃，要趁早結婚啊！」，甚或你終於結婚，他們還是不放過地催問：「快點生小孩，我要抱孫子。趁我年輕，還有體力可以幫你帶小孩。」另一個版本是，你決定離開不愉快的婚姻關係，他們再三勸阻：「為什麼不忍一下，你看我們兩個老的，吵了半輩子，還是在一起啊。離婚，就剩下你一個人，往後人生該怎麼辦？」

若是你到中年依然單身，承受來自父母關心，固然讓你享受親密，但那些壓力，也常讓你感到窒息。

放棄情緒抗拒，誠心順服現實

有位熟女朋友，馬上要過四十歲生日，父母親不但依然沒有放棄逼她結婚的念頭，還嚴格實施門禁，不准她晚於夜間十一點回家。偶爾有朋友聚會的時候，聽見她打電話回家報備，儘管她已經刻意壓低講話的音量，話筒那端還是傳來母親因為耳背而奮力的嘶吼：「妳在哪裡？」「幾點會回到家？」「妳安全嗎？」「跟誰在一起，有朋友陪妳嗎？」

類似的叮嚀，我曾經非常熟悉。在《相依》（時報出版）這本書中，我分享和母親相處的過程，提到過同樣的困擾。

當她年輕、我還小的時候，緊迫釘人的關心方式，理所當然是愛的表現。即使每個人都有過青少年時期的叛逆，雖不完全接受，但大致理解這份關心背後的善意。可是，母親中風時，我已經過了三十而立之年，甚至接下來的這十幾年來，還是沒有改變彼此相處的方式，過度的關愛漸漸變成綑綁彼此的繩索，卻抗拒不了、掙脫不掉，雙方的關係於是愈來愈緊張。

我曾經用過不同的策略，試圖好好處理過度緊繃的相處模式。例如：更鉅細靡遺的問安與報備，讓母親有足夠的安全感，無論工作多忙碌、出差到哪裡，都盡一切可能讓她放心。但隨之而起的愚蠢念頭是：「這樣會不會讓她更依賴我，把她慣壞？」於是，我再試用了另一個截然不同的策略，出門前先講好：「我今天工作很忙，沒辦法一直跟妳聯絡，妳別擔心我，妳要自己好好吃飯喔！」

嘗試過很長的一段時間，其實兩種策略，效果都很有限。於是，深受困擾的我，又試過另一種自以為可能會改善的方式——找適當的機會深刻地懇談，心平氣和地告訴母親我的困擾，她似乎有點理解了，但……過一陣子，故態復萌。

積極做過所有的努力之後，還是無法改變現況，我終於放棄了。多年來投入靈性的功課，教會我學習順遂著生命的安排。我告訴自己：「我們相約這輩子要做母子，一定是有意義的，老天如此安排，就是我要從這個經驗中學習。」

當我不再抗拒母親「過度」的關心，所有的關心就慢慢變回理所當然；逐漸學會順遂而感恩的接受這一切，因為我知道：如果無法改變對方的行為，只能改變自己的心態。當自己願意先做出改變，而且改變的幅度夠大，就能改善彼此的關係。

在漫長的調適過程中，甚至經歷很曲折的事件，包括：去中部演講搭高鐵，因為機械故障而導致列車被迫停擺在高架上，延誤將近一個鐘頭才能回家，陪她去門診；出差去高雄，我被颱風困住而無法當天趕回家照顧她……想到母親容易焦慮的個性，加上擔心外籍看護的照料不夠周延，我既心急又抱歉。而這樣的體會，讓我更能設身處地去想像一位中風十幾年、行動不便、將近八十歲老太太惶惶不安的心情，而對她的焦慮產生無比的心疼。

控制慾太強，是因為內心缺乏安全感

說穿了，母親看似強烈的控制慾，其實是來自她對生命極度欠缺的安全感。她從小在二次世界大戰空襲警報中度過顛沛流離的童年，成長環境的物質非常匱乏，好不容易結婚生子，還是要為家庭經濟打拚。當我愈能悲憫於她的處境，同理上一代長輩的辛酸，似乎也就愈來愈放下對於她盯緊著我不放時我內心基於本能所生起的抗拒。

銀髮父母在中年子女面前極力展現強勢，常是為了掩蓋內在擔心自己「好像愈來愈不中用」的弱點。只要中年子女能夠以溫柔的智慧、寬厚的包容，認識並接受這個事實，甚至同情他們的處境，彼此的態度都會變得柔軟，去除為矯飾脆弱而故意表現強悍的武裝，看見雙方一直非常相愛的本質。

中年子女主動化解和父母之間的緊張關係，讓彼此可以坦然面對過往，也能溫柔地珍惜當下，以及愈來愈短的未來。

接受父母並不完美的事實

有一天，終於看到自己和父母的不完美，然後在這裡找到彼此和解的可能。

中年子女與銀髮父母的緊張關係，讓彼此既相愛又疏離，明明很想擁抱對方，卻又擔心被刺傷。有位知名的檢察官好友，以正義形象行走江湖，讓人感覺他好打抱不平，卻也偶爾會在臉書發文，提及百忙中利用週末回南部老家探望父母的感觸，怪自己沒有能夠盡力承歡膝下，說出許多中年子女共同的心情。

以我這過來人的經驗，不得不說出實情：忙碌，只是藉口。我們明明知道：放棄對名利追求的百分之一，就能換得陪伴銀髮父母，讓他們擁有比現在開心一百倍的幸福，卻遲遲沒有去做。

我若不是先後經歷母親中風、父親驟然辭世的打擊，或許也跟大家一樣，迷惑於一個自以為是的假象當中：我要賺錢、要有成就，才能讓父母覺得沒有白白生養我。但其實即使你沒有賺很多錢，沒有太大成就，父母從來沒有嫌棄過子女，頂多他們只是擔心你將來的日子不好過。如果你能把自己的生活照顧好，然後願意花一點時間好好陪伴他們，這一切已經足夠。

我很慚愧、也很感恩，母親犧牲她的健康、父親捨下他的肉身，幫助我及早覺悟這些事。這十幾年來，我刻意保持低調，少賺很多錢、少出很多名，把做為「兒子」的角色，看得比「作家」、「演說家」、「主持人」、「顧問」、「點鈔機」更重要一些，因此能找回內在的平衡，擁有和諧的家庭與工作關係，以求將來彼此要珍重道別的那一刻，心中不要有太多的遺憾。正因為我們都不會知道，誰會先走一步，所以更要百般珍惜的腳踏實地陪伴彼此，顧好眼前的這一步。

遺傳，是累世因緣的顯化

有了這些領悟，讓我能夠回到內心深處，更客觀、更真實地看待彼此。從前的我，做事追求完美，高度嚴謹的自我要求；後來，在中風的母親身上，看到每個人的個性，都存在一體兩面的特質。「完美」，其實也是「不完美」。

母親是個比我更追求完美的人，她年輕的時候為了照顧家庭生活，給自己太大的壓力，身心失衡才會疾病纏身。我曾經為此惋惜，覺得她不值得這樣犧牲。可是，看到她中風之後，努力復健的高度毅力，又非常佩服她的韌性。

銀髮父母和中年子女之間，存在著一面被歲月塵封的鏡子，你只要勇敢地勤於擦拭，就會看到一個真相：原來，我們這麼相像。從小到大，我以為最討厭你的某些方面；人到中年才發現，我其實也跟你一樣。

透過血液的遺傳，或共同生活的學習與影響，造就子女在為了不讓父母失望，而追求完美的路上，跌跌撞撞，有一天終於看到自己和父母的不完美，然後在這裡找到彼此和解的可能。

原來，遺傳就是累世因緣的顯化。當我們願意接受父母並不完美的事實，等同於接受自己也不夠完美，才能真正放下對親情無懈可擊的完美追求，回到平凡人生的角落，重拾珍惜與感恩的心。

對爸媽說：「我愛你！」與過去曾經叛逆的自己和解

好友大貓說，他從小與父親的相處，始終隔著一段距離；婚後有一天起床漱口，驚醒般地發現自己清喉嚨的聲音，跟父親很像。而這個時候，父親已經老了。彼此之間，沒有講出口的心事堆積如山，沉澱於滾滾紅塵之間。

直到父親重病住院，大貓守在他的病榻前，握住老人家孱弱的手，「我愛你！」三個字，如紛飛千古未絕的白雪，盡融在生命殘落的簷間。

而多少中年子女的遺憾，竟是這一生從未來得及跟銀髮父母說：「我愛你！」

日前參加一位很值得尊敬的企業家前輩的追思會，席間播放一段影片，令與會賓客動容落淚。由於他走得很突然，事先毫無徵兆，儘管安詳於睡夢中辭世，子女仍非常不捨。平日氣宇軒昂的長子，守喪期間神情憔悴，在影片中謙卑地說：「這一生最大的遺憾，是沒有來得及跟父親說：我愛你！」

他拋下完美形象，分享內心的脆弱，喚醒所有中年子女對生命的覺悟。

我該慶幸，自己因禍得福。母親意外中風，提醒我珍惜彼此的相處。她出院後回家，繼續漫長的復健及調養之路。人生突然遭此重擊，彼此都感到心力交瘁。某個晚上我幫她蓋好被子，互道晚安。轉身離開她臥室，帶上房門前，我輕輕地說：「媽，我愛妳！」幾秒鐘之後，我聽見她很小聲地回應：「我也愛你！」

那一刻，我們才終於能夠從懊悔、難過、不捨、愧疚，百般複雜的心境中掙脫出來，重新回頭看見彼此相愛的本質。

你，對銀髮父母說過「我愛你！」嗎？現在，就試試看，好嗎？或許，第一次難免尷尬，你很緊張，他也害羞，但只要跨出這一步，不僅你與父母的關係，就更前進一些，你也會在此刻，與過去曾經叛逆的自己和解。

陪父母病老

陪伴父母病老的過程中，辛苦付出的子女，也將學會照顧未來的自己。

所有我們與父母之間相處的經歷，都是此生必須要親自完成的功課。愈早面對；愈快學習。賴皮逃避；遲早重修。

三十歲出頭的時候，大多數的輕熟男、輕熟女，都埋首於為自己的事業前途打拚，等到有點小成績，抬頭一看高堂父母，才發現他們早已兩鬢風霜，頭髮銀白。

若家中兩老，健康無憂，行走自如，而子女也能及時行孝，就算非常幸福圓滿了。另一種可能，則是長輩在年輕的時候，過度消耗身心、或因為遺傳關係，慢性病纏身，甚或罹患重大疾病。

每當看到年輕同事請假，是為了響應我的呼籲：「每年至少陪父母就診一次，了解他們的健康狀況。」我就覺得非常感動。我是因為家庭的狀況，必須將母親每次就診排入行程，才懂得這件事情的重要性。

根據我的觀察，台灣很多銀髮長輩，有病不看醫生，聽地下電台，隨便買成藥亂吃，副作用嚴重的話，有可能因此而必須終生洗腎。另有一些長輩，貪圖健保方便，去醫院就診，拿了很多藥，卻不按照時間服用，還會分送給朋友，以便不時之需。

病苦，是生命最深刻的學習

除了上述特殊狀況，即使多數銀髮長輩願意好好就診、按時服藥，卻未必有能力在門診短短不到三到五分鐘的時間裡，跟醫生詳述身體病痛的症狀，取藥回家後，又因為視力障礙或理解不足，對藥袋上面的說明視若無睹，而沒有遵照醫囑服藥。若因此耽誤病情，很可能小病變大病，危及生命。

我在社區中聽聞過令人感傷的實例，一位長輩本來只是胃潰瘍，拖了很久沒去就醫，只在西藥房買胃散、或消化錠，後來愈來愈惡化，胃痛到出血，去醫院檢查才發現已經變成胃癌。有很多胃潰瘍，是因為幽門桿菌引起，只要及早就醫，對症下藥，都能痊癒。但若延誤治療，百分之八十五由幽門桿菌引起的胃潰瘍，會惡化成胃癌，甚至奪走生命。

曾經有些朋友，很同情我的遭遇，認為我花了太多時間照顧生病的父母，尤其父親臨終前，我除了每天都要去醫院陪他，還是要繼續工作、看顧母親，身心俱疲猶如蠟燭兩頭燒，但其實我心裡很清楚：自己才是收穫最多的人。

能夠親自陪伴銀髮父母過晚年，不僅讓我因此懂得很多醫療與健康的知識，也能盡人子的孝心而感到安慰。我常覺得銀髮父母是犧牲他們的病體，讓中年子女學會照顧未來的自己。

承擔父母的病苦之前，要先學會消化自己的壓力

俗話說：「久病床前無孝子！」這句話並不見得成立，但我確實聽過不同的真實故事，有些銀髮父母與中年子女關係疏離，甚至被棄於不顧，或家中只由某位中年子女照顧父母，其他子女逃避責任，還會淨說風涼話。

很多單身熟女，都曾經遭遇類似的經驗，她們為了陪伴父母病老，犧牲青春、付出時間、散盡千金，卻未必得到肯定。兄弟姊妹不曾公平分攤照護的責任，偶爾回來探望，還嫌東嫌西，大肆批評。她們講到這裡，都深感委屈，甚至哭得泣不成聲。

以我對人性的理解，一眼看出問題的癥結。這些不肯分攤照顧責任的兄弟姊妹，就是刻意以指責她做得不夠好，來掩飾他們的心虛。只要看清這個現實，就原諒對方吧，不要再用別人的過錯，來懲罰自己。

承擔父母的病苦之前，要先學會消化壓力。更何況「照顧者」，與「被照顧

者」之間，內心本來就充滿很多「心疼」與「內疚」的糾結。若沒能以語言或心意溝通，彼此日常生活中的摩擦與衝突，常殘酷地淡化了關懷與感謝，繼之而起的是，非理性的埋怨與指責。但雙方明明知道，那是愛啊！只是不知所以地難過起來，為什麼雙方的關係，會走到這種地步？

未必只是單身熟女有此經驗，凡是充滿孝心、願意付出的中年子女，難免都會覺得委屈，這時候「人在做；天在看！」這句諺語，或許可以告慰自己內心不平於萬一，但我勸這些朋友真的不必太難過。

所謂「甘願做；歡喜受！」盡力去做自己該做的事，其實不用期望得到任何回報，因為做這件事情的當下，我們已經得到最大的滿足與快樂。更何況陪伴父母病老的過程中，辛苦付出的子女，也將學會照顧未來的自己。無論銀髮父母的態度如何，是不是善意地回應、或因為被照顧的心態而有些抗拒，都無損於中年子女付出孝心的意願。

與父母談死亡

死亡，並不可怕；
最怕的反而是，不肯面對死亡。

人生的階段，有如春夏秋冬四季。中年子女本身的生命歷程，即將從盛夏光年進入初秋微涼的楓紅季節，陪著銀髮父母逐步走進白雪繽紛的冬季，提前體驗人生不同的境界，雖在感傷中，也能因為每天都對生命有所學習、對歲月帶著敬意，而讓內心充滿歡喜。

從心疼父母手掌愈來愈多的皺紋，到學會欣賞他們滿頭銀亮的白髮，慢慢地，似乎也對自己眼角的魚尾、剪不完理還亂的灰髮，漸漸地臣服。回想小學時讀過「老萊子彩衣娛親」的故事，開始慚愧自己力有未逮，只希望偶爾陪老人家吃點他們喜歡的美食、遊歷他們一心想去看看的地方，然後在靜好的歲月中一起緩緩老去。

或有那麼一天，不得不分離，至少可以站在生命的此岸送行，讓父母先後安度到覺悟的彼岸，來世再續前緣。

面對人生的最後一課，需要勇氣與智慧

善終，是最美的祝福。中年子女若能陪伴父母走到旅程的終點，確實是此生莫大的幸福。然而，面對無常的人生，我們的恐懼常會發生於這個假設的念頭：「萬一，我比你先走……」

父親離開以後，我把「陪伴母親終老」，視為下半生最重要的使命與功課。但即使自己願意盡力做出最多的準備、最好的安排，都無法預知這輩子轉世之前，彼此約好要以親子的角色在此生相見，劇本的最後一頁，將如何說再見？

雖然父親走得突然，向來身體非常硬朗的他，連感冒都不曾看醫生，卻因為心臟不適引發肺積水而住院療養，短短四個月就過世，但他走得很安詳，而且臨別前，妻兒子孫隨侍在側，想說的、該交代的，都沒有疏漏，終而放下身軀，人生圓滿謝幕。

那是一種理想，也是一種典範。於是，偶爾也被我引用於母子的閒談之間，為了讓自己心安，我常在「適當的時機」，彼此心情都平靜喜樂的時候，跟母親聊起人間的生死大事。所謂「適當的時機」，包括：在懷念父親時、在親友過世時、在電視新聞報導名人辭世等，我會溫柔地聊起「萬一，我比你先走……」這樣的話題。

可以想見，剛開始的時候，母親都是很排斥的，甚至嚴厲地禁止我繼續說下去。我也會顧念她的情緒、順應她的心意，而暫時打住。但隨著我提起這件事情的次數的增加，每聊到一次就多講出一些，從我對她餘生的安排、我希望自己的後事如何處理、為數不多但需謹慎的錢財如何分配，漸漸地，我也把我想交代的都講完了。後來，我更得寸進尺地往前再跨一步，禮貌地反問：「那妳呢？妳有想要怎樣做嗎？」

母親從完全避而不談，到現在已經願意趁親友中有長輩亡故時，跟我聊有關安葬的方式，甚至大體要冰存多久等話題。顯然她已經慢慢開始學習，鼓起勇氣去面對人生的最後一課。

選擇適當時機，談論生死大事

不久之前，有位父執輩的友人病逝，母親收到對方的訃聞，仔細計算日期，發現他過世後，遺體冰存一週就火化，傳統觀念是要經過七七四十九天才出殯，因此質疑家屬怎麼可以在這樣短的時間，就捨得燒掉遺體。

我以開玩笑的語氣跟母親抬槓說：「那位伯伯可能有特別跟他家裡的子女囑咐，殯儀館的冰庫環境不太舒服，不要讓他在冰櫃躺太久。」然後，藉此機會跟她交代：「萬一，我比你先走，我已經有請朋友幫忙了，只要助唸八小時，就可以把我的遺體火化，讓軀殼回歸塵土，葬在樹下。」這次，母親終於讓我把話講完，也開始認真思考自己想要的善終方式。

俗話說得雖不文雅，卻是事實：「棺材裡躺的不是老人，而是死人！」意思是說，並非年紀大的就一定會先走。中年子女能陪銀髮父母到最後一程，是彼此很大的福報。萬一，必須面對「白髮人送黑髮人」的傷痛，生前交代清楚，才能把遺憾減到最小。

最近這幾年，很多公益團體基於「尊重生命」的想法，積極倡導「生前告別式」、「預立遺囑」、「放棄不必要的急救」的觀念與做法，都是要提醒世人以正向積極的態度面對死亡。死亡，並不可怕；最怕的反而是，不肯面對死亡。

預先講好身後事；餘生自在少擔憂

跟父母一起談論生死大事，若用「置之死地而後生」來形容，顯然是誤用成語，但從另一個角度來看，也未嘗不是我們在開啟「第二生命」的當下，讓彼此都可以沒有後顧之憂的必要課題。

報上常見很多有錢人，因為避談生死大事，缺乏規畫及溝通，一旦往生後，子女爭產，感情破裂。別說是有錢人，就算一般小康之家，父母留了一幢破舊小公寓，或幾十萬塊，若沒有交代清楚，子女也可能為此吵翻天。

反觀，我認識一位資深企業家，退休交棒之前，就把財產都做適當分配，好好安享晚年，幾年後離開人世，子女雖然非常傷心悲痛，但繼續把事業經營得很好，手足相處依然和睦。

無論大戶人家或中產階級的百姓，父母留給子女最寶貴的資產，其實不是錢財或房產，而是彼此懷念的幸福感。而面對生死大事，也不是只有父母該學習的功課，也是子女盡孝道的同時，必須負責的義務。

這一生走到最後，誰會先離開？只有天知道；把身後事講清楚，卻可以讓彼此無憾。

關於遺產的分配

遺囑的內容包含：
1. 遺言、回顧及心願。2. 私人遺物的處理。3. 財產管理及遺贈。4. 醫療照顧。5. 後事處理、喪葬事宜。6. 遺產分配及指定或委託監護人。7. 財產信託。8. 保險受益人之指定與否或更改。

遺產繼承的順序：
配偶是當然繼承人，如果沒有配偶，全部由順序繼承人依照順序繼承。如果有配偶，由配偶和順序繼承人一起繼承：
第一順位：直系血親卑親屬。第二順位：父母。第三順位：兄弟姊妹。第四順位：祖父母（外祖父母也算，如果都在，則兩邊都算）。以上稱為「應繼分」。

遺產繼承「應繼分」的比例有以下幾種可能：
1. 配偶+直系血親卑親屬（子女……），共同均分。2. 配偶得二分之一+父母平分二分之一。3. 配偶得二分之一+兄弟姐妹平分二分之一。4. 配偶得三分之二+祖父母平分三分之一。

如果被繼承人有立遺囑，假設他想把遺產全部捐出，法律上為了保護法定繼承人，避免其生活陷於困頓，民法有保障一定比例遺產要給繼承人，這叫做「特留分」。繼承人之特留分，規定比例如下：
1. 直系血親卑親屬之特留分，為其應繼分二分之一。2. 父母之特留分，為其應繼分二分之一。3. 配偶之特留分，為其應繼分二分之一。4. 兄弟姊妹之特留分，為其應繼分三分之一。5. 祖父母之特留分，為其應繼分三分之一。

chapter 9

練習——一個人

所謂的「一個人」，並非以「婚姻」為標籤區別，
所以不局限於沒結婚的單身男女、也不一定是離婚或喪偶的人士。
我也不以「某個年齡」做為絕對的界線，
規範幾歲的人必須做好「一個人」的安排，
很多人以為是中年人或將要退休的人才有此迫切需求，其實是愈早愈好。
如果你可以從二十幾歲，開始出社會工作，就進行啟動「第二人生」的準備，
在下定決心的那一刻，你就不再渾渾噩噩過日子，
將會提早擁有自信無畏的人生下半場。

獨處時，要能感到自在、安心而快樂。除了具備「一個人」時的生活自理能力，
也必須要能夠真心享受「一個人」時的美好感覺。
擁有屬於你這「一個人」獨到的見解。
而其中最可貴的是：你既願意分享自己的所知所學，
但不堅持己見、也不論斷別人。

一個人，活在「賴世代」

不要過度依賴網路科技，
以免失去可以真正擁有
獨處美好時光的幸福。

已故歌手阿桑，曾經在幾年前唱紅電視劇《薔薇之戀》的片尾曲〈葉子〉（詞／曲：陳曉娟），歌詞中的這一句：「孤單，是一個人的狂歡；狂歡，是一群人的孤單。」深深打動人心。在那個年代智慧型手機並不普及，應用於手機上的通訊軟體尚未問世，人們關於孤單這件事的體驗，還存在各種可能性。包括：一個人聽風看雲、面對伴侶無止境的抱怨、和朋友言不及義、在夜店喝酒喧鬧……

最近這幾年，都會地區的民眾幾乎人手一機，透過智慧型手機裝載的通訊軟體，雖然可以無遠弗屆地延伸自己一個人時候的思緒、想像、與連結，但孤單的形式反而被局限於手機上的分寸之間。即使獨自一個人搭著車，我們彷彿也將錯過窗邊的風景，甚至錯過該下車的月台。

常常在擁擠的地鐵車廂，面對無數低頭滑著手機的乘客，我發現每個人都孤單，但都不願意、也不能夠忍受寂寞。於是對著小小的螢幕，目不轉睛、手不離線，在手機裡的社群平台，追逐著別人的吃喝玩樂，不自覺地用更多紅塵俗世的影像，取代天光雲影，填滿生活中的空白。

獨處的時光，不必然是寂寞的身影

二〇一四年的國家地理雜誌攝影比賽中，來自全球各地一百五十位攝影好手，超過九千兩百張作品投稿，香港的攝影師Brian Yen以「黑暗中的螢幕微光」（A Node Glow in the Dark...）作品脫穎而出，贏得「總優選」及「人文類優選」作品，獲得一萬元美金的獎金，取得參加國家地理雜誌在華盛頓的二〇一五首季攝影研討會的資格。

「黑暗中的螢幕微光」這張攝影作品，是由Brian Yen在擁擠地鐵車廂中拍攝，水洩不通的人潮裡，聚焦於一位正在瀏覽手機的女孩。攝影師刻意營造車廂內昏暗的氛圍，對照女孩手機螢幕上的光亮，投影在她臉上的幽微，試圖詮釋人們身處如此緊迫的空間，透過手機網路，可以讓思緒在彈指間飛越到千里之外的世界各處。接受國家地理雜誌訪問時，Brian Yen說：「我看這張照片時，內心確實很矛盾，一方面覺得這的確是科技帶給人『獲釋』般的禮物，另一方面又覺得，如此一來人們甚至不再嘗試與周遭的人們交談親近等，因為他們不需要。」

獨處的時候，未必要想辦法找陌生人交談；但若是此刻「低頭滑手機」是最後唯一選擇，這樣的一個人生活，確實是無法處理孤單。換句話說，就是因為不想面對、或沒有能力處理一個人時候的孤單，所以要依賴手機裡的通訊軟體，讓自己不會在空白中窒息。

台灣民眾很依賴手機裡的一款通訊軟體「Line」來做人際溝通，甚至成為政府機關或企業內部，主管與員工交辦公務的工具。年輕朋友常以相近的音譯，帶著趣味的口語地說：「我會再『賴』你！」其實就是保持聯絡的意思。

隨處聽到這個講法，於是激發我的創意，將這一代依賴手機通訊維繫人際溝通的朋友們所生存的時空環境，稱為「賴世代」，我們每天「賴來賴去」，但彼此的感情有沒有比較好？雙向溝通有沒有比較有效？學習或工作的品質，有沒有比較提升？

或是，很不幸地，會不會有一天，我們的關係從「依賴」變成「耍賴」，然後「無賴」？

如果有一天，沒人再發訊「Line」一下，是不是就頓失所依？在終於真正可以獨處的時候，若沒有手機、沒有網路，你會覺得很享受、或是很焦慮？

曾經多年在《溫哥華雜誌》（Vancouver magazine）擔任編輯和特約撰稿人的麥克・哈里斯（Michael Harris），以八〇年代為界線，區隔出這時期之前出生的人，在未成年時經歷過不必依賴網路過日子的生活模式，如此珍貴的體驗，比起八〇年代之後出生的年輕人，擁有更多自我思考的機會。

從喧嘩中抽離，學會在生活中留白

麥克・哈里斯出版新作《留一段時間給自己：找回我們在緊密連結的世界中，終將遺忘的獨處時光》（商周出版，本書英文原名《The end of absence》，absence是「抽離」的意思。）提醒我們謹慎面對網路時代的溝通與思考方式，他說：「每一次傳播科技的變革，從紙莎草書寫、印刷術，到推特，讓我們遠離了某些事物，也同時奔向另一些事物。」

介紹這本書的文案中提到：「如今全球網路使用量較過去十年擴大了近五倍，根據YouTube的統計數字，每分鐘用戶上傳的視訊長度高達一百小時，亦即我們每天都在過著十年般的時光。而美國的調查顯示，平均十八至六十四歲的人，每天花三點二小時在社交網站上。人們渴望上傳美食的照片到instagram上，更甚於吃下美食；在網路上創造虛偽的自我化身。來掩蓋真實的自己。」

生活在我所謂的「賴世代」，若沒有手機與網路，你還能享受獨處嗎？思考這個問題的答案，將會是你練習一個人獨立生活的開始。

培養可以「一個人」過日子的本事

擁有獨立生活的能力，
卻不自絕孤立於人群，
才能永保赤子之心。

啟動「第二人生」，重新學習過「一個人」的生活。我所指稱的「一個人」，並非以「婚姻」為標籤區別，所以不局限於沒結婚的單身男女、也不一定是離婚或喪偶的人士。我也不以「某個年齡」做為絕對的界線，規範幾歲的人必須做好「一個人」的安排，很多人以為是中年人或將要退休的人才有此迫切需求，其實是愈早愈好。如果你可以從二十幾歲，開始出社會工作，就進行啟動「第二人生」的準備，在下定決心的那一刻，你就不再渾渾噩噩過日子，擁有自信無畏的人生下半場。

學習過「一個人」的生活，並不是以「婚姻狀態」或「年紀大小」為考量，而是以下列三個條件為標準，當你開始嗅覺到自己有這幾個需要、或是具體的覺察，無論你未婚或已婚、離婚或喪偶，實際年齡是三十、四十、五十或更老，你就隨時可以切換到「一個人」的生命模式：

1. **擁有「一個人」的生活能力**：健全的財務、健康的身心、可以替自己安排日常基本的食衣住行、幾個能談心的對象、自主性的購物或出遊。

2. **享受「一個人」的美好感覺**：不會因為害怕獨處，就急著要找人來陪，不特別孤僻、排斥別人；也不用為了維繫關係而一味地委屈自己、刻意討好別人。

3. **具備「一個人」的獨到見解**：基於豐富的生命經驗、或專業技能，而能夠不盲目隨眾的獨立思考。無須向任何人證明你是對的；但也沒人能評論你錯在哪裡。

日本社會學者上野千鶴子，幾年前曾經以《一個人的老後》這本書，在當地擄獲數百萬位讀者注目未來的眼光，成為極受推崇的暢銷作家。當時很快在台灣推出繁體版，引起一陣討論「銀髮熟齡」話題的旋風，光看書封上的小標，就夠教人怵目驚心了，她說：「結婚也好，不結婚也罷，無論是誰，最後都是一個人。」接下來的文案是：「從這一刻起，妳需要的不是年華將老的自怨自艾，而是積極面對人生風景的自在與期待。」

《一個人的老後》主要鎖定年長的女性讀者，針對日本率亞洲之先，快速進入高齡化社會，女性平均壽命又比男性更長，女性不婚與離婚比例增加，對讀者提出妥善合宜的建議。但其實不論男女老幼都需要提前面對這個趨勢，替自己的未來做好準備。

我認為，除了具備「一個人」時的生活自理能力，也必須要能夠真心享受「一個人」時的美好感覺。孤單並非負面字眼，英文中的「Alone」，其實是「All」與「one」兩個字的連結，表示單一個體存在的狀態。另一個英文字「Lonely」，才有因為沒有人陪伴孤獨而不快樂的意味。「一個人」獨處可以是「Alone」的形式，但不一定會因此而感到「Lonely」。

人，孤單；心，可以很快樂

《一個人的老後》書中摘錄日本AV導演兼演員二村人志所說：「你的心靈避風港，就是『一個即使獨處，也不會感覺寂寞的地方。』」而我認為：每個人的心靈避風港，其實是無所不在的。只要你能在重新開啟「第二人生」的時候，練習一個人獨處的方式，就能隨時隨地感到自在、快樂。

這是另一種很正向的「自我感覺良好」，但並非要你年紀愈大愈「目中無人」。隨著歲月的累積，你必定也有些專業的技能、或豐富的經驗，可以針對某些特定的領域，擁有屬於你這「一個人」獨到的見解。而其中最可貴的是：你既願意分享自己的所知所學，但不堅持己見、也不論斷別人。否則，很容易流於

「倚老賣老」。先不說在別人眼中看起來你有多討厭、多白目，就連你也會因為感覺自己到處被排擠，而莫名其妙地感到這個世界真是愈來愈面目可憎。

當你看什麼都不順眼，見到誰都會挑出毛病時，這就是另一種負面「自我感覺良好」的一大警訊。

不妨留意自己的口頭禪，當你常把「想當年……」「你們年輕人……」「這些小屁孩……」掛在嘴邊碎碎唸，就表示你的心態已經老了，而且你的人際關係也很孤立。

練習「一個人」的目的，是要培養至少可以獨自生活，並且感到自在快樂的能力，但絕對不是要你去追求「這世界只剩下我一個人」的境界。擁有獨立生活的能力，卻不自絕孤立於人群，才能永保赤子之心。

身心健康最重要

學會善待自己的身心，
生活、飲食、運動，都需要紀律與均衡！

很多人想到要替自己「一個人」的下半生做足準備，面對可能會隨著時光飛快而來的老年，最先想到都是「怕窮困；錢夠不夠用？」「怕孤單；有沒有人陪？」或「怕生病；能不能醫治？」金錢、物質雖然是很現實的問題，但其實健康更重要！大家一定常聽說過這句話：「管你財產有幾個〇；健康才是最前面的一！」可見讓自己維持身心健康，才是最關鍵的重點。

坊間已經有很多關於醫療、養生、運動的書籍，可以提供你在啟動「第二人生」參考；網路上更有很多似是而非的資訊流傳，需要你進一步去印證真假。但是在維持身心健康方面，我認為「培養紀律與均衡的好習慣」是最基本的開始，也是最有效的方法。

飲食方面，定時定量七分飽，是王道。喜歡吃的、和不喜歡吃的，各占一半，則是我的心得。如果你是外食族，不要固定在某家餐廳或小店吃飯、更不要總是挑自己喜歡的東西吃。這是「紀律」與「均衡」原則的徹底實踐，也是生活在對「食安」有疑慮的環境中，將風險降到最低點的具體做法。

在長期照顧長輩的過程裡，我發現：**一個人最愛吃的食物，往往都是對他身體最有負擔的東西**。例如：糖尿病患者，特別偏愛甜食；血壓高的人，重油重鹹；壞膽固醇多的老饕，對海鮮情有獨鍾。若能提早發現自己的體質，調整飲食的比例，在養生之道的功課上，就已經先成功了一半。

我已經主持廣播節目超過二十年，訪問過無數醫生及養生專家，雖然對不同的論述各有己見，但對於健康共同的看法是：不論遺傳哪種慢性疾病，未必要完全忌口，但就是不要一次吃太多。**美食當前，淺嚐即止，是心靈的修行，也是身體的養生**。

先把飲食習慣培養好，再做對適當的運動。對於想要減重的朋友來說，這個觀念更是必須奉為圭臬。若不調整飲食比例、用餐時間，做再多運動也很難瘦下來。

常聽朋友說：「真糟糕，我連喝水都會胖！」這種話聽聽就好，千萬別信以為真。飲食和運動，都要持之以恆，不能只有三分鐘熱度，若是虎頭蛇尾，必然前功盡棄。

年紀漸長，需要足夠的肌力

還有另一個需要澄清的觀念，很多人都以為年紀愈大，愈不要做激烈運動，只要有氧運動，頂多「快走」就好，連跑步都會傷膝蓋。其實任何運動都有風險，最重要是「用對方法」。包括：正確的姿勢、持續的時間、要間隔多久……都需要專業的知識，才會有效果，否則是愈動愈傷，得不償失。

而且，光是有氧運動並不足夠，年紀愈大愈需要鍛鍊肌力，不是要你把自己改造成健美先生或小姐，而是要有足夠的肌力，支持行動的能力，避免跌倒摔傷。

鍛鍊肌力並不一定要上健身房，在家看電視或辦公室午休，坐在椅子上單腳抬腿，固定三十秒，再交換另一腿，每天練習十到二十分鐘，就能訓練臀部與大腿的肌肉。

除了身體的健康之外，保持心情愉快，更是不能忽略。留意覺察自己的情緒與壓力，別讓「憂鬱症」悄悄纏上身。我曾經在之前出版的第三十四號作品《栽培自己》（方智出版）提到一個觀念：「你有不快樂的權利！」卻不要讓「不快樂」的狀態持續太久。每個人都有不快樂的權利，但也有讓自己重新快樂起來的義務。

更何況，**情緒是所有疾病的根源，壓力累積太多也容易致病**。如果覺察自己

不快樂，長期鬱鬱寡歡，就要想辦法改變自己。透過定期運動、宗教信仰、或靈性學習，都有具體的效果。其中運動是最簡單、也最快速的方式。當我覺得很煩、很累、很沮喪、很生氣的時候，就獨自去河堤慢跑四十分鐘，揮灑汗水的同時，也把不愉快的情緒都發洩掉了。

重拾快樂，不只靠自己；必要時，請求專業協助

如果你試過很多方法，還是無法讓自己重拾簡單快樂的心情，有嚴重的睡眠障礙、或很容易情緒失控，不妨去精神科就診，透過醫生開立處方或心理諮商師的協助，或許可以救急，讓自己在短時間之內先恢復平靜。但若要徹底清理內在，找回真正的自我，就要從靈性的功課開始練習。坊間有很多以「通靈」為號召的課程中暗藏陷阱、或某些不肖人士打著「宗教」的名號詐騙，一定要特別小心。

建議你閱讀我出版的第九十八號作品《向宇宙召喚幸福——靈魂療癒的旅程》，以及第一百號作品《先放手，再放心——我從心經學到的人生智慧》，這兩本分享我在靈性學習路上的很多心得，也推薦很多值得閱讀的好書，我透過自修而找到與內在的我溝通的方式，相信你也可以做到。

至於是否擁有健康的身心，我以過去這十幾年來陪伴長輩的體驗，彙整了以下健康長壽的三個指標：1.「吃得下」；2.「睡得著」；3.「排得好」。而以上這三項指標往往也互為因果。當每天的飲食、睡眠、排便都很規律，身心就幾乎沒大問題了。

學會照顧自己之前，不妨觀察自己，是否「吃得下」、「睡得著」、「排得好」，若其中一項有問題，就要積極面對與處理。現代醫學發達、正規靈性成長的觀念也愈來愈普及，只要尋求正確的管道，透過身心的整合療癒，我們終將在追求「重新，一個人」的路上，得到更好的自己。

chapter 10

永遠保持——戀愛——心情

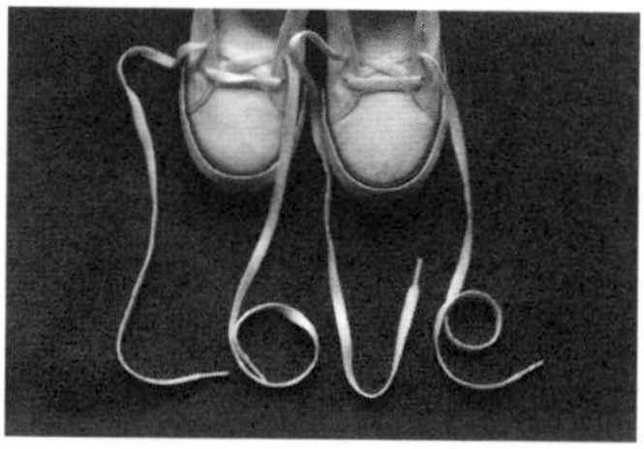

人到中年以後，最悲哀的並不是沒有人愛我，
而是我再也無法去愛別人。
對於真愛的期待，熟年男女比年輕人更有本事說「隨緣」，
因為人生到了這個階段，既沒有結婚成家的時間壓力，
也不再有生兒育女的傳統使命，只要符合「不貪圖對方錢財」的要件，
若真有機會碰到有緣人，愛就是愛，可以比任何時候愛得更純粹、更浪漫。

在「一個人」的處境中，我們一定要學會愛自己！
但千萬不要只局限於愛自己，還要學著去愛別人，也願意被別人所愛。
隨時保持可以進入戀愛狀態的心情，
會讓自己一直都活在開心、喜悅的正向磁場裡。
熟齡銀髮的真愛，確實非常可貴；
唯一的例外，就是牽扯金錢進來。
所以必須把握分寸、謹守原則——不要讓遲暮的愛情，混入任何一點金錢的慾望。

在滄桑歲月的轉角遇見愛

即使只是一個人獨處，
無論活到幾歲，
也要隨時做好可以去愛的準備。

許多朋友單身久了，雖然明明有能力、也很享受過「一個人」，但每逢特別的節慶的日子、或看到街頭年輕情侶熱情如火，對照形單影隻的自己，頓時就會哀怨感嘆說：「怎麼都沒有人愛我？」有些條件不錯的朋友，更會以對比的句型，加重語氣說：「你們都說我條件很好；但為什麼就是沒有人愛我？」

相愛，的確需要機緣。尤其，要在適合的時間、碰到適合的人，成就一段彼此都覺得對的愛情，機率比中彩券更低。但是只要不放棄希望，愛情永遠不會令你絕望。最怕的是執著於過往甜蜜的回憶、或悲情的傷痕，緊緊封鎖自己的心扉，把所有可能的緣分都拒於千里之外。

我常覺得：**人到中年以後，最悲哀的並不是沒有人愛我，而是我再也無法去愛別人。**心智與年齡的增長，是要我們增加愛的能量，去除所有不能去愛的障礙，即使一個人獨身，也能把雙手張開，迎接愛的到來。

重新把自己再愛回來

最近這幾年，闡述中年之愛的電影愈來愈多，著墨於刻畫中年男女的面對愛情的壓抑，放棄「第二春」的結果，是讓自己的心境繼續深鎖於蕭瑟枯萎的季節。我常常從與劇本背道而馳的另一個角度去想，如果劇中的主角，做出不同的選擇，或許他的人生可以完全不同。

電影《聽說愛情回來過》（The Face of Love），在台灣上映的中譯片名，與林憶蓮唱過的同名暢銷金曲同樣浪漫感人。若直接翻譯成「愛情的樣貌」或「那張愛情的臉」，字面的意義看似削減文藝的氣氛，但其實更能夠一語雙關地帶出劇中男女主角內心的糾纏。

《聽說愛情回來過》雖被電影公司以「喜劇泰斗羅賓．威廉斯（Robin Williams）遺作」包裝宣傳，但以他出現在片中的戲分，應該是第二男主角。他飾演一位友善的好鄰居，暗戀走不出喪夫之痛的女主角，算是不折不扣的暖男。戲分比較多的女主角與男主角分別是：金球獎影后安妮．特班寧（Annette Bening）與艾德．哈里斯（Ed Harris），飾演一對鶼鰈情深的夫妻。

主要劇情鋪陳如下：經歷丈夫驟逝之後的妻子，一直無法走出傷痛。雖有暗戀她的暖男鄰居陪伴，心中卻壓抑著對往日美好時光的緬懷。直到她遇見一位長相和先生幾乎一模一樣的男子；頓時滿滿湧出她對亡夫的思念與愛戀，並費盡九牛二虎之力，積極想要追回那段逝去的愛。

對方深深陷入情網，卻發現自己只是她腦海中無法割捨舊愛回憶的替代品，落寞地離開。失聯一年後，她再度有他的消息，是一張邀請函。她受邀參加他逝世的紀念畫展，在其中的一幅畫像裡，終於看到愛情真實的樣貌。

如果在相遇的時候，她能放下對已故丈夫的執念，敞開胸懷地重新讓自己再愛一次，「第二春」是否就不會結束於彼此的遺憾？

青春留不住；但願心不悔

另一部印度電影《美味情書》（The Lunchbox）帶領觀眾回到一個「不按讚」、「不傳賴（Line）」只透過「傳紙條」談戀愛的時代。

《美味情書》是印度新銳導演Ritesh Batra的處女作，描述各自處於城市孤獨角落的一對男女，因為一個不斷被送到錯誤地址的便當，而讓彼此成為對方寂寞救贖的故事。他們透過每天從便當盒裡往返的紙條，訴說著在擁擠的城市裡最孤獨的心情。男主角是個鰥夫，把送錯的便當吃得乾乾淨淨，想起天人永隔的妻子；而城市另一頭的家庭主婦，在這些由陌生男子回傳的字條裡，讀到被尊重與被關心的感動，強烈對比出她和丈夫的疏離。

男人在妻子過世之後，獨自面對職場的現實，他一個人吃飯、一個人搭火車回家；女人守著家庭，看護女兒，委身在一個鮮少正眼看她的丈夫身邊。看似生活中是有個伴侶；心靈上卻更像是「一個人」。這部小品型的電影，道出都會的茫茫人海裡，千千萬萬中年男女的寂寞心事，無論已婚或未婚，一個人渴望著，能夠懂他心事的另一個人。而從未見過面的兩個人，在各自的內心開始醞釀共度餘生的可能，但最後是否緣慳一面呢？留給觀眾無限的想像。

在戀愛的態度上，年輕時的「一個人」，畢竟和中年以後的「一個人」，有很大的不同。**年輕時的「一個人」，常追逐著另「一個人」，誤把對方當成要終生託付的港灣；中年以後的「一個人」，知道所有的另「一個人」，都是對方生命的過客，只想珍惜著彼此交會時互放的光亮，而未必真的要完整地擁有。**

有位中年男性朋友，離婚後消沉了很長一段時間，最近突然開始主動願意跟單身熟女約會。之所以有如此重大改變，是因為他親臨現場欣賞「大叔」李宗盛的演唱會，對〈山丘〉那首歌留下深刻印象，他邊聽邊跟著唱和，淚流滿面，從手機傳訊息給我：「明知青春留不住；但願成熟心不悔。」

從那個晚上開始，他的人生正翻越另一座感情的山丘，以免將來白頭，才發現無人等候。

後青春期的中年純愛

雖然也可以有性、但與性並不直接相關；可以互相陪伴；但不一定要結婚。

觀察身邊很多不同年齡的朋友，我發現大家口中所謂的「純愛」，因為人生階段不同，定義差別很大。青春期的男女，對於「純愛」的想像，指的是不刻意追求肉體親密的純情愛戀；處於適婚年齡的男女，對於「純愛」的想法，是雙方都以「結婚」為前提的一對一交往；中年以後的「純愛」，幾乎可以與「性愛」或「婚姻」的標籤脫鉤，而是很輕鬆、沒有負擔的交往形式。雖然也可以有性、但和性並不直接相關；可以互相陪伴；但不一定要結婚。

好友海瑞堅持正派的理念，經營以「相親結婚」為主要服務的婚戀機構，他要求所有會員，強調「不欺騙」、「不造假」、「不蒙混」誠懇交友，若只是想要有「談戀愛」的感覺，不是真心有意願結婚，就不要來報名。二十幾年來，事業穩穩立足台灣，他本人保守而低調，但在業界創造很好的口碑。

有很多創投公司建議他拓展事業版圖，把市場延伸到有意尋找「第二春」的大哥、大姊，但是他並不貪心，沒有急著擴展事業版圖。原因是：與他經營婚戀機構所強調「幫助想成婚的人找到適合的對象」的理念不合。多年來觀察台灣社會，我早就發現：要找「第二春」的大哥、大姊，未必是要正式結婚，甚至大部分有過婚姻經驗而恢復單身的熟男、熟女，無論是離婚或喪偶，都會覺得「再婚」實在太麻煩，他們只要有個對象，可以彼此陪伴、互相照顧，或吐露心事、加油打氣，這樣就夠了。

海瑞用心經營婚戀機構，精準掌握熟年男女的心態，印證我所了解中年人對感情的價值觀是：偏重於心靈的溝通、情感的支持，至於身體的親密關係，雖然占有重要的地位，卻不是最重要的。若談到婚姻，那就更是隨緣而不強求。

回春不能靠秘方，尊重醫囑免傷身

一位五十幾歲的大哥級朋友跟我說：「男人若真有性需求，花錢或上網一夜情，都很容易解決！反而是真心要找個紅粉知己，才需要付出心力、花下時間。」雖然他說的「花錢或上網一夜情，都很容易解決！」未必符合高標準的道德規範；但「真心要找個紅粉知己，才需要付出心力、花下時間。」卻是千真萬確的實情。

另一位年紀再長幾歲的大伯，妻子過世多年後，認識另一個已經離婚的熟女，他們的關係已經發展成為情侶，彼此的小孩也都知道他們正在密切交往中，並接納對方可以幫忙照顧自己的長輩。

這位大伯沾沾自喜之餘，私下也承認自己生理方面的體能已經大不如前，靠著醫生處方的藥品回春，他還大方地詳細比較各種不同類型的藥物功能有何差異，以及適用的狀況，讓他身邊的好朋友們參考。

東方社會對性較為保守，尤其若是活過半百，還積極追求性愛滿意度，很容易被譏笑為「老不修」，很少人願意主動談及這方面的私密，若碰到生理性的障礙，往往諱疾忌醫，不看醫生，未經診斷，自己隨意購買偏方，很容易買到假藥、或搞壞身體。甚至以「呷好道相報（台語，意思是：自己覺得好吃，就推薦給別人。）」的心態，傳遞錯誤的資訊，誤導大眾。

根據《蘋果日報》報導指出：台灣男人在乎雄風，景氣再差也要吃壯陽藥。國內第一份針對壯陽藥使用情形的研究發現，自「威而鋼」一九九九年在台上市後，壯陽藥銷售業績幾乎年年創新高，金融海嘯也擋不住漲勢，年銷售金額從最初的一點九億元飆到去年的十一點九億元，十五年間大增超過五倍；首次服藥年齡，也從一九九九年平均約六十五歲，大幅下降到二〇一一年的五十四歲。其實經過醫生建議使用回春藥物，並不需要害羞。但必須對症下藥，才能安心享受魚水之歡。

能夠願意去愛，也能接受被愛

女性進入熟齡階段，在更年期前後，必須學習身心靈的自我調適，才能找回最好的平衡感。

或許，每個女人對性愛的需求不盡相同，但都渴望心靈的親密感與身體近距離的擁抱。這個時期，生理的巨大變化，常牽動情緒的劇烈起伏，若身體出現不舒服的徵狀，就要積極就診，聽取專業醫生的建議，再透過飲食、運動、靜坐、冥想等方式，把自己的身心調整到最佳狀態。

在「一個人」的處境中，**我們一定要學會愛自己！但千萬不要只局限於愛自己，還要學著去愛別人，也願意被別人所愛。**

隨時保持可以進入戀愛狀態的心情，會讓自己一直都活在開心、喜悅的正向磁場裡。

臨老入花叢，桃色陷阱多——

所有會上當受騙的熟齡男女，絕對不是資質愚鈍或閱歷太淺，而是內心有個寂寞的黑洞。

無論是女人或是男人，單身獨處的時候，不要讓自己的穿著看起來邋遢，也不要讓自己的談吐顯得暮氣沉沉，整個人很沒有精神，有如槁木死灰一般。盡量多穿戴顏色亮麗的衣服或飾品，不但能帶動自己內在的元氣，表現出很有活力的樣子，也能讓朋友看到你的時候，覺得賞心悅目、神采奕奕。連深夜過馬路，都會比較安全呢。

家母已經八十歲，即使已經中風十八年，還是很愛漂亮，早晨陪她去公園運動，堅持要搭配衣服鞋帽。優雅的樣子，很像重視生活美感的日本老太太。這時候，總有銀髮朋友前來打招呼。偶爾碰到老帥哥，我就故意跟老娘開玩笑說：「這個不錯耶，要不要跟他做朋友，談一段黃昏之戀。」媽都會被我逗得笑咪咪，還作勢要打我說：「你不想養我了喔！要把我丟給那個老頭。」

其實，單身熟齡的愛戀，必須建立在各自有經濟能力的基礎上，只能做對方的精神依靠，不能期盼對方提供養老。

銀髮長輩多半活得實際，但「愛情」與「麵包」哪個重要？永遠是千古難題。熟齡男女經過人生的許多歷練，更明白現實生活的殘酷。「麵包」，是最低的基礎；「愛情」，是最美的夢想。兩者，都很重要，必須相輔相成，才能留住幸福。

若活到四、五十歲，還面對很大的經濟壓力，並不是談戀愛的好時機；一旦牽扯金錢進來，再浪漫的愛都不光彩。唯有彼此都具備負擔各自生活開銷的能力，當緣分來臨時，自然可以看見真愛的姿態。

中年之愛，可以愛得更純粹

對於真愛的期待，熟年男女比年輕人更有本事說「隨緣」，因為人生到了這個階段，既沒有結婚成家的時間壓力，也不再有生兒育女的傳統使命，只要符合「不貪圖對方錢財」的要件，若真有機會碰到有緣人，愛就是愛，可以比任何時候愛得更純粹、更浪漫。

可惜的是，依然有很多熟年男女或銀髮長輩，臨老入花叢，沒遇見真愛，卻一腳錯踏桃色陷阱。

有位住在台中的大伯，年約六十歲，離婚後談過不少戀愛，對象都是酒店小姐。說起來也算他財力夠雄厚，為這些風塵女子散盡千金，但還不到動搖家業的地步。隨著戀愛失敗的次數愈來愈多，他的內心愈來愈寂寞，聽信朋友的餿主意，遠赴海外試圖用錢買新娘，花了新台幣數十萬，不到幾個月，再度嘗到心碎夢醒的滋味。

所有會上當受騙的熟齡男女，絕對不是資質愚鈍或閱歷太淺，而是內心有個寂寞的黑洞。當他們還不夠自信時，內心有一處尚未填補的殘缺，沒有花時間或用對方法去療癒自己，反而不斷乞求一段可以解救自己脫離苦海的感情，就很容易招致爛桃花。

檢視內心寂寞黑洞，避免上當受騙

英國《鏡報》曾報導一則曲折的故事，看完令人感慨萬千。莎拉是曾經兩度離婚的美國女子，一年半前在交友網站認識克里斯，兩人不曾見面，只透過網路聊天，愛到不可自拔。

克里斯常對莎拉說：「我的女王今天過得如何？」、「我愛妳，等不及跟妳在一起！」等甜言蜜語，溫柔地撫平莎拉飽受創傷的內心。克里斯聲稱在前往南非出差途中，遇上政治劫難。他以「信用卡被偷走」、「需要聘請律師」、「補辦簽證」為由，要求莎拉匯款給他救急。莎拉沒有懷疑他的說法，匯出一百萬英鎊（大約新台幣四千八百四十六萬），仍堅信這是愛情，不是騙局。

同樣的情節，如此似曾相識，也發生在台灣一位擁有高學歷的劉姓熟女身上。她在網路認識自稱是美國中情局局長的男士，很快陷入情網，在準備匯出美金三萬元時，警方好意相勸，並提醒她：奈及利亞四一九集團，專門在國際交友網站尋找寂寞多金的女子，以自稱是高官、皇室貴族的英美籍帥哥為誘餌，讓女子掉入溫柔陷阱，騙取鉅款。

熟齡銀髮的真愛，確實非常可貴；唯一的例外，就是牽扯金錢。正因為我們比二十幾歲剛出社會的年輕人經歷更豐富，所以必須把握分寸、謹守原則——不要讓遲暮的愛情，混入任何一點金錢的慾望。

你不必過度提防別人貪圖你的錢財；但一定要洞悉自己內心的寂寞到怎樣的程度，**內心的寂寞愈深，愛情的陷阱就愈大**。這是大哥、大姊們，無論是同性戀、異性愛，在激勵自己永保戀愛的心情的同時，必須要看得更清楚的現實。既是保護自己、也保護了可能是彼此人生最後一段愛情的美好期望。

要多好的朋友，才不寂寞？

3

/ PART / THREE /

你想陪誰最長？
誰能伴你最久？
只有傾聽自己的心
才能做出
最溫柔的選擇

既能獨處，
也好相處，
就在人際關係上
擁有無限的自由！

chapter 11

友誼——重質——不重量

從慢火車在時光隧道的搖晃，到高速鐵路於歲月長廊的穿梭，
加上網路無遠弗屆猶如光年的行進，
我們有更多機會認識新朋友、也有更多可能找回舊朋友。
彼此在對方的人生月台來來往往、停停走走。
新朋友很快熟識成老朋友；
老朋友也有可能在睽違多年之後相逢，重新交往成新朋友。

當你能夠享受於獨處，願意和少數好友聊聊、也不排除參加廟會式的團聚，
不拘任何表面形式，只求與知己交心，就擁有了無限的自由。

從小到大，不同的人生階段，我們對於想要交往的朋友，有截然不同的期待。
有時候，我們喜歡氣味相投的；有時候，我們期待志同道合的；
有時候，我們盼望彼此互補的。
當我們以「一個人」的姿態，漸漸地走到人生的盡頭，
或許需要的只是一個可以相互陪伴，但不會挑剔對方的朋友。

朋友，總是老的好？

友誼能否持續，往往取決於彼此的緣分，以及遇見的時間。

網路社群盛行，改變我們對友誼的定義。

剛開始使用網路交友平台的時候，大家很熱衷於認識新朋友，甚至以「沒見過面的網友滿天下」而暗自竊喜，在網路上快速發展虛擬世界的友誼。

有些人際溝通專家質疑：和沒見過面的網路鄉民交朋友，這樣的友誼是否真能禁得起時間的考驗？畢竟你所擁有的，只不過是對方的帳號而已，或許連他的手機號碼都還沒拿到，怎能算是真正的朋友。加上少部分網友，在交友網站碰到情色或詐騙事件，因此上當而蒙受損失，讓網路社群蒙上不白之冤。

後來網路上陸陸續續發生幾樁「協助尋人」、或「救援自殺」的事件，出現在傳統紙媒的新聞報端，觀念守舊的人見識到鄉民的力量，對網路交友的力量開始有所改觀。或許正因為彼此沒見過面，在夜深人靜時吐露心事比較不尷尬，即使憂鬱到想自殺，都能一吐為快，在對生命感到最脆弱的時刻，選擇「燒炭」或「跳樓」而猶豫不決之前，網友報警救人，挽回寶貴的生命。

透過新網路，找到舊回憶

政治素人柯文哲先生當選台北市長，更具體彰顯「婉君」（網路用語，意指：網軍）的強大力量，年輕選民搶灘成功，一舉擊潰舊勢力，再度展現網路令人刮目相看的功能。表面上看起來，這是一個政治的議題；但實際上，反映的卻是幾萬顆寂寞的心緊緊地相連。只要透過網路，幾乎每一個人都比平常更勇於認識新朋友、更想要表達自己、也更容易找回美好的過去。

透過網路影音平台，你可以聽到幾十年前的老歌，即使你喜歡的歌手已經不在人間，他的身影和歌聲，風采和魅力，隨時可以在彈指間重現。此時螢幕上出現新訊息，有人敲你，天啊！竟是你的兒時玩伴，直到中學搬家才失去聯繫……

愈來愈多人透過網路社群，重新找到久違不見的故友，在時光的河流中逆游而上，追溯著記憶裡的光影，然後在心底發出由衷的感嘆：「朋友，總是老的好！」

那是因為老朋友，可以讓我們暫時脫離眼前不完美的現實，回到青春歲月中最簡潔、最單純、最善良的美好世界，沒有勾心鬥角、無須口是心非。

即便其中有人既慷慨、又赤裸地給妳遲來二十年的告白：「其實我當年暗戀過妳！」或是有人忍受心中幾十年的煎熬，終於跟你道歉說：「那時候，我不應該把墨水潑在妳的裙襬！」彼此都能在笑忘中釋懷。

友誼，看似在不斷虛擬網路與真實世界來回穿越，但人們渴望的是一顆真正相知的心，前來與自己相會。

交友不拘形式，只求彼此交心

朋友，總是老的好？其實，新朋友未必比較差。**友誼能否持續，往往取決於彼此的緣分，以及遇見的時間。**

從慢火車在時光隧道的搖晃，到高速鐵路於歲月長廊的穿梭，加上網路無遠弗屆猶如光年的行進，我們有更多機會認識新朋友、也有更多可能找回舊朋友。彼此在對方的人生月台來來往往、停停走走。新朋友很快熟識成老朋友；老朋友也有可能在睽違多年之後相逢，再重新交往成好朋友。

這時候，你想陪誰最長？誰能伴你最久？只有傾聽自己的心，才能做出最溫柔的選擇。

或許，一個人的生活，不需要太多朋友，知己一、兩個已經足夠；或許，活到這個年紀，我們對於友誼的包容，可以練就到猶如百川匯聚於大海。

當你能夠享受獨處，願意和少數好友聊聊，也不排除參加廟會式的團聚，不拘任何表面形式，只求與知己交心，既能獨處、也好相處，就在人際關係上擁有無限的自由。

最特別的單身聯誼

好友臨終助唸團，承諾會幫對方送行。
有生之年相約一起吃年夜飯，單身卻不孤獨。

我的生活向來簡單素樸，雖然盡量表現個性隨和，與人來往謙恭有禮，但其實骨子裡害羞內向，甚至有點孤僻，喜歡一個人獨處，更甚於和一群人言不及義。承蒙老天垂憐，身邊無論老朋友或新朋友，都相當包容我，還有很多位朋友，十分體諒我的龜毛難搞，對我非常厚道友善。他們會原諒我明明答應赴約，卻臨時不想出門；也會知道我怕生，在我出席時特別安排與我相熟的好友坐在我旁邊。

值得分享的是，截至目前為止，我有五位朋友，有的單身、有的已婚、有的離婚，彼此雖不是常約在一起吃喝玩樂，卻有很慎重的承諾——要是誰先走，晚走的人要幫忙處理後事。

我們以開玩笑的語氣，但很誠懇的心情，成立「好友臨終助唸團」，答應不只送對方人生最後一程，還要守在大體旁邊助唸八小時，護送對方的靈魂往西方極樂世界。這可不是開玩笑說說而已，成員必須有虔誠的信仰，唸誦經文的能力、以及可以委託重任的品格。

單身圍爐聚會，歲末溫暖感恩

還另有幾位單身好友，是固定「單身團圓飯」的飯團朋友。每年農曆除夕夜，我邀請幾位單身的好朋友來家裡一起圍爐吃團圓飯。這些朋友要不是因為父母離世成為孤兒、就是因為工作關係不克返鄉的單身男女。能夠跟他們一起共進這頓特別的晚餐，是我覺得最溫暖的事。

最早加入這頓單身團圓飯的第一名客人，是我的高中同學。他剛出社會工作未久，雙親相繼離世。每逢過年，他都一個人獨自守歲。先前持續邀了幾年，他都很客氣推辭，不肯來一起吃團圓飯，我只好陪家人吃完年夜飯，匆匆幫他送便當過去。後來，他怕麻煩我，總算答應這個一年一次的聚會。他很會取悅老人家，和我的父母聊天、敬酒，四個人圍爐吃飯，更加有年味。

有了第一位客人，其他好友就陸續同意。家裡的團員飯，漸漸熱鬧起來。原先還沒有特別的感覺，自從父親辭世以後，母親恢復單身，這一桌就變成真正的「單身俱樂部」，在孤寒的夜裡，用濃郁的人情，相互取暖。

回想起來，我真的很感謝父母親的慷慨。他們一向對別人很好，不會吝惜任何付出，唯一的顧慮是他們都跟我一樣，很內向客氣，不善與陌生人打交道，但是對我的朋友，卻都沒有認生，即使第一次見面，有的年歲也不小了，也都把他們當作自家的孩子，相處時親切自然，讓圍爐吃飯的客人，沒有尷尬、彆扭的心理負擔。

當然還要感謝我的單身朋友們，願意來湊這個熱鬧。設身處地為他們想想，要把平日不常走動的別人家，暫時當作自己家，把別人的父母，當作自己的雙親，在年夜飯的桌上，嘻嘻哈哈、閒話家常，也真的很不簡單。換做是一碰到陌生人就很龜毛的我，未必能夠那麼輕鬆自然。

活到愈老，愈珍惜好朋友

離婚、晚婚、不婚的人口，愈來愈多，像我家這樣的「單身團圓飯」勢必漸漸成為趨勢潮流。雖然，到五星級飯店去吃年夜飯的風氣，逐漸興盛，但我還是很眷戀在自己家裡和單身朋友一起共進團圓飯。餐桌上，有我和母親一起下廚同心協力烹飪的佳餚，還有我們和這群一年聚會一次的朋友，累積多年的歡喜悲傷，一起編織美好的回憶。每當他們到齊了，母親就疼惜地說：「一年又過去囉！」其實，我們心裡都有共同的不捨、以及一樣的感動。

每逢佳節倍思親！當有一天，我們的親人逐漸凋零，到每逢佳節真的只剩下思念，而無法相聚的時候，能跟你好好吃一餐飯、陪你靜靜坐一會兒、與你懶懶聊一個天的朋友，會有哪些人？他們會是誰呢？

或許，你現在環顧身邊的朋友中，已經有幾個人可以列入口袋名單；或許，你並不想那麼麻煩別人；或許，你真的還看不出誰是會陪你到最後的人……不妨倒過來重新想一次，等你老了以後，如果還有體力、也有時間，你最想跟誰好好吃一餐飯、陪誰靜靜坐一會兒、與誰懶懶聊一個天？

來回交叉想過幾遍，你對友誼的渴望，就會逐步浮現出來。從小到大，不同的人生階段，我們對於想要交往的朋友，有截然不同的期待。有時候，我們喜歡氣味相投的；有時候，我們期待志同道合的；有時候，我們盼望彼此互補的。當我們以「一個人」的姿態，漸漸地走到人生的盡頭，或許需要的只是一個可以相互陪伴，但不會挑剔對方的朋友。

更自在的人際關係

捨棄人脈存摺，回歸自己內心，
維持友誼不需要特定目的，剩下純粹的快樂而已。

在無法處理寂寞的時候，千萬不要急著交朋友；唯有當你夠自信獨立的時候，所交往的朋友，才能跳脫利益的糾葛，享受純粹的友誼。

多年來，我一直在企業界工作，同時教授相關「行銷管理」、「心靈成長」等課程，每當涉獵業務單位時，常聽見「人脈存摺」，還有人更率直地說「人脈，就是錢脈！」

老實說，我個人很不喜歡這種說法。我不會利用朋友的關係去獲取利益；也不希望別人只想著如何利用我的關係賺錢。畢竟，為了業務推廣而交朋友，太過於著墨於賺錢的目的性，很容易讓友誼變質。

但無可諱言的是，行銷業務範疇，確實存在這種現象：朋友會介紹朋友，當你認識愈多人，就愈有機會提供產品或服務給需要的人，最後終會因此賺到錢。這個模式，其實並沒有錯。對錯的關鍵在於，運作這個模式的人，真正的目的究竟是賺錢、或是交朋友。

只要問自己一個問題，就可以打破「人脈，就是錢脈！」這個邏輯裡的迷思。「如果這個人，在可以預見的幾年期間內，不論直接或間接，都無法帶給你任何業績，你是否還願意花時間、花心思，跟他交朋友？」

把人脈當錢脈，很快露出勢利現實的本質

有位從南部北上奮鬥的朋友，剛創業的時候，還不是很有名氣，他十分積極投入人脈的開拓，百忙之中參加各種聯誼會，還花錢去讀ＥＭＢＡ，只要能夠認識名人的場所，都盡量參加。

經過幾年打滾，他的業務擴展非常成功，並自行創業，公司生意很忙，連廠商拜訪他都到要掛號排隊半年以上，名氣真的愈來愈大。

從前還會主動找我們聊天、吃飯、喝杯飲料，成名之後翻臉很快，幾乎避不見面，只會跟少數有利益關係的中小企業主聯絡。從前認識的朋友都說他很現實，我倒覺得鬆了一口氣，能夠自然而然地跟這種現實勢利又市儈的人漸行漸遠，其實也是好事。

年輕時交朋友，只要興趣相投，大家都可以別無所求；等到進入社會工作，職務、頭銜、身分、背景，複雜的因素加進來，狀況好的時候，彼此禮尚往來，

有時候教人很難分辨，誰是真正的朋友。等到邁入中年、或真正退休以後，和所有的利益關係脫鉤，我們才會看清：誰是真正的朋友？

為朋友付出，過程的本身就很快樂，不求任何回報

我去南法旅行，透過好友認識丹尼爾。他退休後定居在阿爾勒（Arles），平日深居簡出，在家看書、聽音樂，種花蒔草，並不刻意敦親睦鄰、或聯絡好友。但是，若有鄰居度假遠行，他就自動補位，幫對方澆花、遛狗，在恬靜的小鎮中，維持簡單優雅、自在安適的人際關係。

許多讀者在《每一次出發，都在找回自已》（皇冠出版）書中，看到我分享了一個很隨興的觀察，都不約而同地寫信給我，表示很羨慕丹尼爾的退休生活，以及人際關係的互動方式。

他會為了送一本好書給朋友看，情願開幾個小時的車過去，快要抵達前，對方來電說臨時有事出門，無法迎門接待。於是他把書放在花園鑄鐵圍欄的信箱內，獨自再開車回來，整個過程喜悅而安靜，沒有任何激動或失望。

在丹尼爾身上，我學到很悠哉的交友方式：**自然地伸出雙手去擁抱友誼，但不要捏得太緊、看得太重。**

先把自己的生活照顧好，樂意分享美好的事物給朋友，卻不會以「強迫中獎」的方式，逼對方一定要馬上接受，也不期望得到任何回報。如果有能力為朋友做點什麼，付出的同時就享受當下的過程，彼此都沒有負擔，友誼才會長久。

交往淺的，不言深；情義重的，不落俗。面對友誼，無須用力去追求，善緣就會不請自來。

chapter 12

珍惜——旺年之交

和年輕人，有代溝！這是我最常聽見年長者的感慨。
甚至他們會很氣憤地說：「真不知道這些年輕人，究竟在想什麼？」
協助處理過很多溝通的個案，我發現：
阻隔在不同世代中間的，其實不是年紀，而是心態。
當你願意放下成見，充分傾聽，就能找到可以同理彼此的平衡點。

和年輕人做朋友，確實會感染青春的活力、
或是獲得體能的效勞、還有源源不斷的創意……
但我認為真正的重點是：願意珍惜「忘年之交」的友誼，
其實是開闊自己的想法與生活圈，不會因為年齡或世代差異而畫地自限。

以充滿活力的熱情去經營「忘年之交」，也很可能變成銀髮熟年的「旺年之交」。
而「忘年之交」真正的意涵，並不只限於年紀。
因為累積歲月的底蘊，幫助彼此打開心結。
只要願意放下恩怨，仇人就能變回朋友。

保持心境年輕

儘管時光如河水匆促流逝，順服著生命的蜿蜒，不掙扎、不對抗，反而可以自在地漂浮其上。

坊間出現很多有關「凍齡」的美容產品或技術，也有專業醫生提出「逆齡」的醫療養生主張。美麗的名詞背後，代表的只是從古到今許多人對於「回春」的渴望，但未必是真正可以實現的祈願。頂多透過醫美手術、保養品、化妝品，或適當的飲食、正確的運動，延後老化，並非真正長生不老。

很特別的是，在我心底深層的概念裡，始終沒有太清楚的「年輪感」，若要認真推敲我對於自己或別人年紀的感覺，大多處於「無齡」的狀態。

這的確需要花點時間解釋。可能是因為我的工作關係，日常要接觸的對象，分布的年齡層很廣，必須讓自己的思維能跳躍於不同年齡、不同背景的人身上，跟著對方的邏輯去想像，這點常讓我忘了自己實際年齡是幾歲。

在執行顧問業務工作時，我會與大老闆、年輕上班族一起共事；主持電台節目的聽眾，從小學生到銀髮族都有；校園演講或表演，中學生和大學生為主；一般開放型的講座，更是不分男女老幼。

我一直保持客觀，平等對待每個對象。尤其進行溝通時，我有個堅持多年的原則：希望從自己口中說出的每一句話，都能平易近人地讓對方聽懂；當我傾聽對方發言，也會設身處地從他的角度去更深度的揣摩，他想表達的真正意義。我必須突破自己年齡的限制，才能試著去當對方的知己。

年齡，不是界線；創新，保持活力

和年輕人，有代溝！這是我最常聽見年長者的感慨。甚至他們會很氣憤地說：「真不知道這些年輕人，究竟在想什麼？」協助處理過很多溝通的個案，我發現：**阻隔在不同世代中間的，其實不是年紀，而是心態。當你願意放下成見，充分傾聽，就能找到可以同理彼此的平衡點。**

另一方面，可能是我一直很沉浸於靈性成長的學習，看待別人時，著重於對方內在的豐富性，或是心智的成熟度，不會受困於他實際的年齡，而讓自己失去客觀。更多的時候，我看到每一個人外在表現出來的言行，所對應的都是他的「內在小孩」，如兒童般的天真或無助，於是很容易就忽略掉他現在的真實年齡。

或許還有一個可能，就是我多年來一直從事跟創意有關的工作，必須很有活力地不斷翻新思想與觀念，所以一直覺得自己還很年輕。我最明顯對自己的年齡有所覺知，是出版我的第一〇〇號作品《先放手，再放心——活得像雲般自由》編輯同仁在書腰上的文案寫著：「二十年寫作生涯的淬鍊；五十年生命旅程的歷練！」讀到這文字時，我有深刻的體認：「啊！我居然已經年過半百了呀！」

靈魂凝視，永保年輕

說來許多人不相信，我從來不使用保養品，連冬天要擦乳液以防皮膚乾裂，都是最近這幾年才開始懂得採行的保護措施。我至今尚未接觸醫美，只有持續定期的運動，儘管也有同儕慫恿說：「你該去整理一下，把細紋弄掉，看起來會年輕很多！」但我怕痛、怕花錢，更怕手術效期過後，皮膚會加速垮下來，所以寧願說服自己說：「國外那些資深明星，銀髮皺顏，魅力還是無法擋啊！」

只有在某些關鍵時刻，臣服於歲月對容顏該有的刻痕；絕大部分的時候，我對年歲幾乎無感。在企業當顧問，人事部主管常要我幫忙做招募或升遷面談，我對社會新鮮人大約是幾年次出生，一點概念都沒有；若有機會輕鬆聊天時，在到不涉及的前提下談到年紀，很少同仁會直接回答他今年幾歲，通常都說：「我是○○年次出生的。」偏偏我心算能力很差，常搞錯十位數的加減……

或是時光流逝的速度，真的飛快到讓我沒有感覺。陪媽去眼科複診，醫生提醒要再做年度檢查，我疑惑地問：「不是三個月前才做過？」他很認真翻閱病歷表確認：「那是一年前做的喔！」

回到家裡的臥室，有一片落地窗，睡前我把窗簾拉上之前，看著遠方的街燈，常意識到有另一個自己在宇宙的遠方對我凝望，完全不覺得這一天將隨著黑夜過去，所謂的「千年一瞬」就在我闔眼睡去此刻，青春依然留駐於枕邊。

不要以自己的主觀，對事物妄加評論

林林總總的原因，讓身邊的朋友幾乎都跟我成為「忘年之交」。幫我媽看診的中醫師，實際年齡已經一〇四歲了，我卻常覺得他只有七、八十歲。上海有位同事的兒子才四歲半，長得高高肉肉的，跟我講話時一副小大人模樣，我每次都記錯，以為他已經上小學。

我沒有刻意要保持年輕的心境，潛意識裡對光陰的概念，彷彿時鐘只有二十四小時標示，沒有年月日。好處是：我對待自己或別人時，都可以拿掉年齡的標籤，和大家做沒有世代隔閡的好朋友。缺點是：旅行時，彎腰搬運很重的行李前，必須刻意提醒自己不能太逞強，或先來個簡單的暖身，否則容易拉傷筋骨。

與其說擁有「忘年之交」，是為了保持年輕；不如說是讓自己的心智可以因此而更加成熟。當我們學會不要一味地在年輕的朋友面前，急著證明自己是對的，而是願意彼此陪伴與傾聽，一起學習成長，無論活到幾歲，生命都可以豐富美好。

在時光中釀造友誼的美酒

累積歲月的底蘊，幫助彼此打開心結。
只要願意放下恩怨，
即使是仇人也能變回朋友。

每當我鼓勵好友，有機會不妨保持「隨緣」的心態，多多結識「忘年之交」，他們多半以為我接下來的說服點會是：「可以讓自己接觸年輕的事物！」「可以使喚他們幫忙提重物！」「可以讓自己在有病痛時多得到照顧！」或許他們的聯想都沒錯，和年輕人做朋友，確實會感染青春的活力、或是獲得體能的效勞、還有源源不斷的創意……但我認為真正的重點是：願意珍惜「忘年之交」的友誼，其實是開闊自己的想法與生活圈，不會因為年齡或世代差異而畫地自限。

幾年前，我去校園演講，很多中學生會以寬容的態度面對年齡的差距，嘴甜地叫我：「吳大哥！」接著很實際地說：「我爸都看你的書。」「我媽說她很欣賞你。」這時候，我都會不甘寂寞地追問：「那你呢？你看我的書嗎？你喜歡我嗎？」孩子被我直率的反應，逗得很開心，紅著臉點頭說：「好啦，我也喜歡你！」就這樣故技重施了許多次之後，到現在再去校園演講，同學們已經可以自動自發說：「吳大哥，我有看你的書喔！」「吳大哥，我很喜歡你啊！」「吳大哥，我很欣賞你在公共電視節目《爸媽囧很大》的發言！」

回程我的同仁總要開個玩笑，消遣說：「若權，你現在不只是『跨領域』作家；也可以是『跨世代』作家！」

乍聽這句話，已經有點恭維，我還不死心回敬：「你敢說我是『跨世代』作家喔，我跟大家都是『同世代』的好不好！」

幾個人來回抬槓，雖是針鋒相對，但也很有趣，這幾位同仁的實際年齡，都比我小一到兩輪，能夠跟他們交心做個「忘年之交」好朋友，我還真是心滿意足。

經過時間淬鍊，原諒從前的背叛

「忘年之交」的真正意涵，並不只限於年紀，我身邊還有一些朋友，本身經歷深刻感人的真實故事。無數的愛怨情仇在歲月中輪轉，累積成為厚實的底蘊，當心智成熟之後，靠著某個因緣，而幫助彼此打開心結。

只要願意放下恩怨，即使是仇人也能變回朋友。以下這幾個個案裡的「忘年之交」，並非刻意忽略年紀的增長，反而是因為時光的綿延，為朋友之間的情誼，帶來全新的體悟。

美美在二十六歲那年生日後的第二天，發現自己被男友阿光劈腿，當時她已經有四個月的身孕，兩人鬧到雙方家長出面，問題不但沒有和平解決，還愈演愈烈、愈鬧愈僵。最後，心碎的美美被爸爸拖回南部老家待產，卻因為身心劇烈創傷，而沒有保住小孩，罹患憂鬱症，治療多年才慢慢學會平靜自己。遠離都會與人群，她在家鄉小鎮開一家文創小店，結合附近的民宿，踏入觀光業。

經過二十年後，阿光從臉書找到美美的聯絡方式。功成名就的他，跟當年的第三者結婚，享盡榮華富貴，而美美依然單身。

他先以私訊取得聯繫後，趁出差之便，來探望美美。相見的那一刻，已經是中年的這對男女，彷彿搭著時光機回到從前的美好歲月，四目相接湧現滿滿的淚水。他流出千般懊悔都無法彌補的歉意；她釋放累積多年而無人能訴的委屈。幸好，雙方都有足夠的成熟與理智，在此刻放下一切，寧願給對方最深的祝福，而不重拾無法實現的幸福。

已經分手的情人，未必要回來繼續做朋友，但至少不要變成仇人。如果彼此之間積久未癒的創傷，能在多年之後被撫平，不妨就重新做個平常不必聯絡，但可以互相祝福的朋友。

時間，並非療癒的最佳良藥。有些傷痛，一輩子都好不了。但若當事人有決心願意走出傷痛的過往，歲月確實可以慢慢沉澱心情。讓自己更清楚，哪些人與事對自己是重要的？哪些是可以不必太在乎的？

幫助自己從恩怨的牢籠掙脫

另一個朋友大慶的故事，是十年前把要存成人生「第一桶金」的三十萬元積蓄，借給最要好的大學同窗小斌應急，說好一個月內奉還，沒想到對方從此避不見面，最後完全失聯。大慶因此延誤了婚期，女方家長非常不諒解，逼他們分手。

這十年來，大慶在心中不斷詛咒小斌，希望他「沒好日子過！」沒想到在大學畢業二十年的聚會中，大慶輾轉才知道小斌在幾個月前中風，目前還半身癱瘓，正積極復健中。靈驗的詛咒，並沒有讓大慶感到一絲快樂，反而讓自己學會放下過去。

大慶徵得小斌同意，利用假日專程去探望。眼前小斌仍還不出三十萬，甚至需要更多的接濟；大慶並沒有要追討債務，還多捐了一萬元給他養病。

花費三十一萬，錯過一段婚姻，讓大慶在徹底放下之後，學會一般人做不到的原諒與和解，進而懂得真正的愛是什麼。**原諒別人，就是寬待自己**。他頓時覺得人生再沒有任何障礙是無法克服的，也掙脫了十年來困住他的牢籠，放自己一馬，重新獲得最寶貴的自由。

預約晚年可以一起吃飯的朋友

以充滿活力的熱情，
單純地去經營「忘年之交」，
才有機會在銀髮熟年時成為彼此的「旺年之交」。

無論哪個階段交朋友，都不該存有過於實用或功利的念頭。即使是面對必須孤獨以終的老後，像我這樣已經和朋友約定好，要在人生的最後一站互助，以念經護持對方走向歲月盡頭的最後一刻，但彼此也未必真有足夠的緣分，可以是對方生命旅途中最後的送行者。**唯有割捨任何目的，以充滿活力的熱情，單純地去經營友誼的「忘年之交」，才有機會在銀髮熟年時成為彼此的「旺年之交」。**

《遠見》雜誌為歡度發行二十八週年慶，特別製作關懷台灣專題報導，以「養得起的未來」為題，深入探討台灣老年人口引爆的機會與挑戰，並拍攝一系列微電影，引起很大的討論。

其中一部微電影《養得起的未來：朋友篇》，與身邊許多單身朋友產生強大共振，我在網路上持續多次收到親友轉寄來二分三十七秒的短片。內容描述住在山間裡的一位獨居老人，年輕時栽培四個子女長大，有的讀到博士，有的在海外

從商。某天他特地親自下廚，煮一桌豐盛的佳餚，準備款待要從遠方歸來聚餐的兒孫，沒想到一通電話，取消了原訂的行程。

此時窗外山雨欲來，這位阿公想改約朋友來吃飯，翻遍泛黃的電話號碼簿，找不到可以一起共享美食的朋友，大雨滂沱落下，他獨自回到一個人的餐廳，面對滿桌親手烹調的料理，一口一口寂靜地咀嚼著孤獨的滋味。

伴隨著觸動人心的畫面，一句文案引領觀眾自省：「孤獨，是老年的宿命？」最後結束於：「人生最後二十年，能作伴的朋友，你準備好了嗎？」

我們可以不喜歡熱鬧，可以享受一個人的孤獨，但是在某個時刻，或許我們會想要有個能夠一起吃飯、聊天的朋友。而就是為了這個時刻，必須在友誼的月台上提早預約，否則每個人都只是對方的過客。

想像一下自己要的友誼是什麼形式，相對應的就是自己可以享受孤獨到哪種程度？當時光飛馳到銀髮熟年，真正的友誼或許就是不黏不膩的「忘年之交」，偶爾見面、聊天或吃飯，既不霸占對方，也不彼此依賴。

沒有血親的家人；不限年齡的朋友

北歐國家的老年人，對此形式已經相當習以為常。單身老人與年輕人同住一個社區，各自有獨立的房間，卻可以常在餐廳、洗衣房、圖書室等公共區域見面聊天，分享彼此的心情，而不妨礙對方的生活。有些擁有自有房舍的銀髮族，甚至以免費或低廉租金，提供年輕人住宿，房東和房客，也能成為「忘年之交」的室友。

時勢所趨，未來的我們將擁有更多「沒有血親的家人；不限年齡的朋友！」，每個人都要準備好更開放的心態，去接納各種感情與友誼的形式。容我再次強調：**年紀將會愈活愈老；但生活可以愈來愈好**。我們可以享受一個人孤獨的自由，但不是要封閉自己，而是要優遊自在於「有朋友來時，就相互陪伴。」與「沒朋友來時，也能開心自處。」的兩種狀態之間。**既樂在相處；也安於獨處！這是人生很美好的境界**。

台灣社會對「多元成家」方案，在法律層面上或許仍有很多爭議，需要取得共識。但是在生活趨勢上，若暫時擱置性別認同、婚姻制度、財產分配、傳宗接代等社會價值的辯論，一個人的老後擁有「沒有血親的家人；不限年齡的朋友！」其實是很幸福的事。

chapter 13

率直交友——沒——負擔

想要哪種形式的人際關係，想要有怎樣的朋友類型，
想要如何和對方往來，其實起心動念都還是操之在己。
年紀漸長，愈來愈有自知之明，
不但了解自己個性，看懂對方心懷，也明白人情世故，
對友誼「不忮不求」，就更不用對複雜的人際關係涉入太深，
維持簡簡單單、彼此沒有利害關係，友誼反而比較長久。

能夠做到「我行我素」，還真的必須具備幾分「被討厭的勇氣」。
不要因為害怕被別人討厭，而棄守自己的獨立性。
畢竟我們只能控制自己不要惹人討厭，但無法主導別人要不要討厭你。
年紀愈活愈老，要對自己愈來愈好。
交朋友把握「三不」原則：不勉強、不委屈、不刻意。
可以「我行我素」；但不能「自私自利」。

交朋友，不要勉強自己

應該以「來者不拒，去者勿追」的瀟灑態度，面對「君子之交淡如水」的人際關係。

我的個性天真率直，幾十年來沒有改變。剛出社會工作，憑著一點對行銷的熱情與創意闖蕩職場，有話就說，臉色藏不住心事，幸虧前輩都很疼愛包容，即使我秉持「道不同，不相為謀！」自以為是的交友原則，還是擁有一些「德不孤，必有鄰！」的知己好友。

後來個性慢慢成熟，從基層員工晉升到管理職位，漸漸知道更多必須要有分寸與禮貌，以「可以率直；但不要傷害別人」為前提，避免讓自己變成「太白目」的人，加上善良的本質與喜歡助人的性格，擁有還算和諧的人際關係。

人到中年，檢視自己的朋友圈，儘管為數不多，但職業與專長分布於三教九流之廣，年齡與性別不限男女老幼，鮮少泛泛之交，每一位朋友即使日常並不密切互動、頻繁往來，也都是可以兩肋插刀的至交。

截至目前，我對自己的眼光有極大的信心，看人很少看走眼，因為要深入交友，必得精挑細選。從不刻意拓展人脈，只能好好珍惜現有的友誼，寧可別人負我，我絕不負人。長年下來，倒也符合「重質不重量」、「在精不在多」的理念。我願意分享這些交友概況，絕無任何誇口吹捧，也沒有任何欣喜狂傲，只是舉出適合自己個性的交友模式，或許可以說是負面表列——連我這種龜毛的人，都可以擁有許多好朋友；一般個性隨和如你，就更應該不是問題了。

不要為了迎合對方，而刻意委屈自己

我從來就不是長袖善舞的人，除了誠懇相待也沒有別的秘訣可以維持友誼。倒是隨著年歲漸長，眼光依舊銳利，處世變得圓融。很慶幸自己能從一位認識二十五年的好友富邦文教基金會董事陳藹玲小姐身上，學會「**看人只看優點**」的態度，從此天寬地闊。懶得跟別人虛應故事耍心機的我，還在交友中悟出一個道理：如果不想跟對方深交，連他的缺點也不必特別委屈自己去接受。世界因此變得可愛不少。

年過三十以後，我都是以這樣的方式擇友。所以在《一個人，最好》（天下雜誌日本館出版）書中讀到作者橋田壽賀子主張的「**來者不拒，去者勿追**」時，覺得這位八十歲老太太的想法，真的深得我心。

橋田壽賀子是日本知名的劇作家，電視劇《阿信》是她最具代表性的作品之一。丈夫罹癌過世後，她將之前位於熱海的度假別墅，當作長久定居之所，過著近乎遺世獨立的生活。她四十一歲結婚，五十歲學游泳，六十幾歲喪偶，八十歲還能出書教人如何以正向的能量，安享獨居人生。一副「我行我素」的樣子，卻勾勒出令人嚮往的晚年。

可能是長期身處日本文化，多數人習慣壓抑自我情緒的環境，橋田壽賀子比別人更有自覺，她特別不喜歡戴著虛偽的面具度日，選擇做自己，絕不受委屈，只和想結交的朋友往來，對鄰居和親戚互動，僅止於維持最基本的禮數、盡合理的義務。她願意和年輕人交往，但不抱持任何期待、也不刻意主動示好，不必擔心「萬一他們嫌我老，怎麼辦？」之類的問題。她說：「能接受的就接受，必須很勉強自己才能接受的，就讓他快速隨波而去。完全地、爽快地、乾淨地，這樣的生活比什麼都好！」

在橋田壽賀子身上，我看到的不只是瀟灑的交友態度，而是一個人孤獨地活到老後時，對生命全然的自信，也是一種對自己負責的態度。

一個人會有怎樣的朋友，反映出他內在的性格

常有同仁或讀者跟我抱怨：「若不是他那樣，我就不會這樣！」我心知肚明，這是百分之百推卸責任的句型。一個巴掌拍不響，是人際關係互動的真理。想要哪種形式的人際關係，想要有怎樣的朋友類型，想要如何和對方往來，起心動念都還是操之在己。

一個人會擁有怎樣的朋友，某種程度也反映出他內在的需求。《詩經》〈邶風雄雉〉提到：「不忮不求，何用不臧。」意思是說，不陷害別人，也不貪圖非分之財，怎麼會做出不好的事情來呢？

當我們年紀漸長，愈來愈有自知之明，不但了解自己個性，看懂對方心懷，也明白人情世故，對友誼「不忮不求」，就更不用對複雜的人際關係涉入太深，維持簡簡單單、彼此沒有利害關係，友誼反而比較長久。

正如《禮記》〈表記〉所說：「君子之接如水，小人之接如醴；君子淡以成，小人甘以壞。」這段話在《莊子》〈山水〉演繹為：「君子之交淡如水，小人之交甘如醴；君子淡以親，小人甘以絕。」講的都是分寸拿捏得宜的交友哲學，過程中看似小心翼翼，但做到之後彼此都自由自在。

我行我素不是壞事

要有「被討厭的勇氣」，但留意適度反躬自省，不要讓自己成為「眾矢之的」、「全民公敵」。

日本劇作家橋田壽賀子晚年的交友哲學，簡單歸納就是「我行我素」這四個字。即使大家都說：「遠親不如近鄰！」她並不認為有必要刻意與鄰居或親友維持密切互動的交往。因為她既不願依賴遠親，也不想麻煩近鄰。她強烈主張交友時「不要對別人抱著期待」而交往，提醒讀者要去除對朋友的期待，也不要畏懼因此而被指責。

她說：「一面抱怨麻煩，一面卻還是維持和親戚朋友交往的人，理由一定是怕被對方討厭，因而影響自己的心情。但是，抱著以防萬一的倚賴心情，這不就是抱持著期望對方回報才和對方交往嗎？」

看來這位現年八十幾歲的老太太，還真是「我行我素」呢！這種瀟灑的人生態度，和我追求的目標不謀而合。但以我目前的程度，還停留在小學階段，有一段很長的路要走。

雖然我對別人沒有期待、也不奢求對方可以對我多麼好，我即使常常會「有點小孤僻」，但還是盡量不失禮，避免讓別人感覺不舒服，即使我覺得今天回到家已經超級疲累，在電梯裡碰到鄰居，還是會擠出一抹微笑，跟對方問好。

勇敢做自己，不要怕被討厭

環顧我身邊好友，交朋友能夠做到十分瀟灑自在的，只有縱橫媒體與文壇明星級作家主持人吳淡如小姐，可以和日本劇作家橋田壽賀子相提並論。

跟淡如交往時間超過二十年，始終感覺她個性十分率真，絕不虛偽矯飾，沒有改變過。她對待認為值得付出的朋友，非常寬厚；碰到不友善或別有用心的人，懶得多說。或許三十幾歲時，還有點嫉惡如仇；人到中年已經更加成熟，放過對方，自己也好過。

能夠做到「我行我素」，還真的必須具備幾分「被討厭的勇氣」。從前，我的功力只到達以下程度：我無法讓所有的人滿意。只能盡力讓喜歡我的人跟我在一起時，覺得開心；讓不喜歡我的人不至於太痛苦。

有位朋友比我更高調一百倍，他說：「我只讓好人喜歡我，讓壞人討厭我。」言下之意，喜歡他的才是好人，不喜歡他的都是壞人。這點我無從評論，只能嘻皮笑臉對他說：「你高興就好。」

日本哲學家岸見一郎，長期鑽研「阿德勒心理學」，在他和古賀史健合著《被討厭的勇氣》（究竟出版）一書，提到：「有人討厭你，正是你行使自由、讓自己生活自在的證據，依照自己的生活方針過日子的標記。」

敢於被討厭，並非刻意惹人討厭

很多年輕讀者，存在「自己人際關係不好」的疑慮，甚至有時候也困惑於自己「是不是太白目了？」看到這本書封面的書名《被討厭的勇氣》五個大字（出版社的美編，設計時刻意縮小「的」字，彰顯其他五個字。）時，如獲大赦地鬆了一口氣，立刻買下一本。似乎是為自己過去遭遇到的負面人際關係，找到強而有力的下台階。

但只要仔細讀完《被討厭的勇氣》這本書，就會發現作者並非鼓吹「惹人討厭」的正當性，而是提醒讀者回來掌握自己本身的主控權，脫離被「刻意討好對方」或「期待別人回報」人際關係的渴望所掌控。正確的說法應該是：**不要因為害怕被別人討厭，而棄守自己的獨立性**。每個人都只能控制自己不要惹人討厭，但無法主導別人要不要討厭你。

如同《被討厭的勇氣》書中所說：「**為滿足他人的期待而活，還有將自己的**

人生託付給他人的做法，是對自己，也對身邊的人不誠實的生活方式。」

期待別人回報、或認為別人該對我好，這些都是無謂的介入，沒理由地干涉對方要怎要做、怎樣想，其實是會讓自己很疲累、又惹來更多失望。

有自信的人生，對於經營人際關係的做法應該是：即使願意為對方付出，也只是做到「願意把口渴的馬帶到水邊，但不強迫牠喝水。」的那種好法，不要過度介入對方的反應是否符合你設定的期望。

維護自己的獨立性；但也要尊重別人的權益

年輕的時候，或許我們都曾經或多或少地勉強自己，刻意追求別人的認同，試圖藉此贏得好感，建立友誼。人到中年，或未必一定要到這個年紀，只要你決心開始「啟動第二人生」，改變自己，就可以重新調整所有人際關係的模式，在「有點黏」、「又不會太黏」之間找到平衡點。

打個比方，左端可以是「懶得理會別人」，右端可以是「為討好對方而委屈自己」，在這兩端之間，你有無數種程度的選擇，沒有對或錯，但要記得一個前提：「若要一個人度過餘生，什麼才是對自己最重要的？」

年紀愈活愈老，要對自己愈來愈好。年紀大了，交朋友把握「三不」原則：

不勉強、不委屈、不刻意。可以「我行我素」；但不能「自私自利」。

我經年累月都有晨泳習慣，每天都會在游泳池的公共浴室碰到年紀很大的老伯，發現有些長輩仗著自己年紀大，就魯莽放肆，目中無人。

大多數長輩泳客跟大家一樣，都很潔身自愛，遵守規定；卻有少數阿伯完全無視於牆上的公告，把公共浴室當作自己家裡。事先不把身體沖洗乾淨，油頭垢面就跳進泳池；沐浴後占用椅子，大聲聊天；還把公用提供泳客吹乾頭髮的吹風機，拿來吹香港腳、私處……即使管理員已經屢次善意規勸，他仍充耳不聞，這種過度逾越道德規範的「我行我素」，已經讓他變成「眾矢之的」、「全民公敵」，就不值得鼓勵了。

為所愛的朋友創造驚喜

在自己有能力的時候，可以堅持不要倚賴別人；
但別人有需要而你能力所及時，
願意成為別人的倚賴。

秉持「重質不重量」、「不刻意委屈自己」的原則，再加上經過時光的篩選之後，還能留在心上的友誼，就真的非常難能可貴了，一定要好好珍惜。

很年輕的時候，我有位「忘年之交」。已經七十歲的他跟我說：「人生要有四老：老本、老伴、老友、老狗！」當年的我只能揣測長輩怕孤單的心情，還無法真確體會生命在歲月中凋零的滄桑，究竟是怎樣的滋味？

童年時，聽過一首歌〈老黑爵〉，雖未解世事，但聞之鼻酸。這首歌被列為世界名曲，是斯蒂芬．福斯特（Stephen Collins Foster，一八二六－一八六四）的作品，有段歌詞唱著：「時光飛逝，快樂青春轉眼過。老友盡去，永離凡塵赴天國。四顧茫然，殘燭餘年惟寂寞，只聽到老友殷勤呼喚：老黑爵。我來了！我來了！黃昏夕陽及時落，天路既不遠，請即等我，老黑爵。」

直到三十幾歲經歷母親中風，四十歲時父親逝世，以及親友間的長輩病老或亡故，才漸漸懂得風燭殘年的寂寞心情。

父親離開後，我為了安慰母親的傷懷，時常陪伴她去看父親生前的老友，剛開始那一陣子，還真的很有幾分療癒悲傷的效果。父親的老友聊起他生前的行誼，讓母親甚感安慰。但十幾年來，這些父親的老友也先後離世，只剩下兩、三位，年紀大到無法自主行動，甚至長年臥床，已經無法再像從前那樣互動頻繁。

儘管如此，他們還是有維繫友誼的方式，逢年過節定期打電話彼此問安。簡單而家常的一通電話，卻是意義深長的生命儀式。往者已矣，彷彿知會對方：「我還活著喔！你呢？」讓生者更能珍惜當下。

用心對待老朋友，是世間無價的珍寶

我曾參加一家出版公司的春酒，董事長已經八十歲了，還精心策畫當天晚宴後的餘興節目，很慎重地邀請賓客參加。

本來我以為只是公司每年例行的春酒，招待內部主管及員工，也宴請重要的客戶及老友；沒想到酒過三巡，席間居然出現動聽的歌聲，接著一場小型的演唱會在眾人的驚喜中揭幕。

男主角是一位資深的大學校長，他獻上歌曲以及影片，特別要向他的夫人致意。只因為在之前的一場活動中，他漏掉很重要的感恩儀式，當天沒有及時向老伴表達心意，而始終耿耿於懷，深深遺憾。在一次聊天中，董事長聽說這件事，就放在心上，低調地交代同仁，在春酒中秘密策畫此一橋段，讓這位校長彌補之前的遺憾，也給夫人一陣驚喜。那晚節目結束，儘管曲終人散，感動卻彌漫於賓客胸臆之間，久久難以忘懷。

這是一位八十歲還能日理萬機的董事長，願意用心為他的老朋友策畫的一個驚喜，分享經過歲月醞釀出的銀髮熟年美好友誼。

再怎麼獨立，也要做好將來可能被照顧的心理準備

或許很多人跟我一樣，個性孤僻而客氣，很怕麻煩別人；堅持半輩子的處世原則，就是：「寧可別人負我，我絕不負別人。」過了中年以後，我才漸漸知道：**過度害怕承擔別人的好意，其實是一種不夠自信的表現。**

每個人都會老，難免都會有孤單或需要幫忙的時候。我們若沒事，當然不要依賴別人；遇到某些特殊狀況，需要援手，就坦然接受別人的好意，不要太過於客氣。套句朋友對我說的：「因為你值得！」

在自己能走、能動、能做的時候，不要倚賴別人。

但是，知道老友不能走、不能動、不能做的時候，如果你能力所及，不妨讓自己可以成為對方的倚賴。

當未來有一天，換自己不能走、不能動、不能做了，也要放下高傲的自尊，無論自己付費、或接受濟助，都能坦然接受「必須被照顧」的事實，而不是頑強抵抗，否則，會傷了自己、也傷了別人。

chapter 14

比朋友更重要的事

很多有關「找到真正興趣」的說法，都是鼓勵年輕朋友去探索或追尋，
但我覺得這是沒有年齡限制的，
甚至年紀愈大愈值得去發現自己真正喜歡什麼，
並不只是為了啟動「第二人生」而準備，也不只是替未來規畫退休生活，
而是要讓自己一直都保持在熱情有活力的狀態下過日子。
即使沒有朋友陪伴，一個人時也不會寂寞。

或許，你的興趣沒來得及培養成專業，確實還是不能當飯吃；
但是，當你年老的時候，它卻可以陪伴你度過美好的時光，
引領你去認識更多志同道合的朋友，豐富你的生命。
當你嘗過「學習一件有興趣的事物」的美好滋味，
接下來應該適時給自己擬訂更高的目標：
挑戰一件困難的任務，把它視為「學習一件有興趣的事物」進階版，
讓自己不論活到幾歲，都有勇氣與能力，可以離開舒適圈，成為更好的自己。

找回真正的興趣

曾經錯過自己興趣的人，
不妨在規畫人生下半場的此刻，
好好面對自己真正的興趣。

資深民歌手靳鐵章老師，在音樂創作上曾經提攜我，兩人合作過很多首歌的詞曲，包括：〈相思比夢長〉、〈冬季到台北來看雨〉等。各自先後離開唱片圈後，我們還是保持聯繫，並持續合作電腦動畫、詞曲唱作。有時還在高鐵巧遇，緣分甚深。近年來，他轉往位於台中的嶺東科技大學任教，作育英才。並持續有各種不同音樂型態的創新作品問世，連續舉辦幾場小型演唱會。

根據我的觀察，他對於名利並不戀棧，「第二人生」啟動甚早，從民歌手、詞曲創作，跨足網路媒體，現在結合數位科技，應用於教學，同時繼續創作。雖然大學主攻「化學」，但因為當年民歌興起，創作與演唱受到肯定，對音樂的興趣與才能，就成為支持他發展天賦和熱情的最大動力。加上數位科技的輔助，我相信他活到七老八十歲以後，還是會繼續創作、表演。

能在很早的時候，就找出自己真的興趣，是非常幸福的事。很多人的前半生，都還在摸索中，甚至為了工作餬口、或家人的期待，而捨棄自己對於興趣的追求。而今，活到中年，終於有機會鼓起勇氣，找回真正的自己。

重拾年輕的熱情，老化成為美麗的嚮往

不久之前，我在前往聆賞靳鐵章老師演場會的場合，巧遇我們共同的老友安迪、和他的吉他老師。安迪因為經濟無後顧之憂，尚未五十歲就決定從商場退休，但並沒有過著閒雲野鶴的生活，日子比從前更充實許多。

原來他年輕時嚮往組織樂團，也玩過電吉他，離開職場後一直想要重拾對吉他的愛好，經過朋友介紹，正式拜師學藝，每個星期定時上課，回家還要練習。花了很多時間，但非常值得。安迪看來比從前更年輕有活力，他知道我高中時有學過一段時間的古典吉他，鼓勵我一起拜師在同一門下。

眼前這位年輕的吉他老師，果然讓我大開眼界。她剛從英國修完古典吉他博士學位回到台灣，利用少許的空暇時間收徒。更厲害的是，我留意她的左手手指的指端，居然都沒有被琴弦摩擦出明顯的硬繭。她很客氣地解釋說：「只要按弦的姿勢正確，未必一定會長出硬繭。」光是這點秘訣，就足夠吸引我了。

其實我幾年前就開始規畫，預備等手邊幾個專案結束，就重新開始學習彈奏古典吉他，能夠碰到益友良師，都要感謝老天在冥冥之中引領我。儘管我這幾年

的工作比從前更忙碌，從事企管顧問、主持電台節目、寫作、演講……因為都是我最熱愛的項目，所以幾乎都不覺得自己在工作。但畢竟時間有限，避免讓自己有分身乏術的壓力，就必須按部就班規畫時程。即使沒有立刻報名繳費，但排定於未來的計畫表上，就會充滿期待，而且感到安心。

我休閒興趣十分多元，除了想繼續深造古典吉他，也很想重拾畫筆與書法。幾年前，我去超級市場購物，竟不由自主地走進鄰近的美術用品店，把水彩畫和書法的工具都買齊，開始利用閒暇片刻，塗塗寫寫，既有樂趣，也是抒壓。

開始構思如何「重新，一個人」，光是規畫的過程，就已經充滿樂趣，彷彿令人急著想要往美好的晚年飛奔去，不再擔心害怕呢！

投入真正有興趣的事，豐富人生下半場

雖然很多有關「找到真正興趣」的說法，都是鼓勵年輕朋友去探索或追尋，但我覺得這是沒有年齡限制的，甚至年紀愈大愈值得去發現自己真正喜歡什麼？並不只是為了啟動「第二人生」而準備，也不只是替未來規畫退休生活，而是要讓自己一直都保持在熱情有活力的狀態下過日子。即使沒有朋友陪伴，一個人時也不會寂寞。

現今網路上有很多虛擬遊戲，有位朋友的嗜好是打電玩，尤其對打麻將情有獨鍾。我本來以為電玩麻將，不會有「三缺一」的困擾，真人或機器人都可以上線供桌，沒想到他跟我說，也會碰到有人玩到一半離線，而打亂他原本遊戲的布局。

我因此發現自己是個很幸運的人，自己所喜歡的休閒嗜好，都很容易進行，只要一個人就可以做，不需要呼朋引伴。除了寫作、畫畫、彈吉他，運動方面我持續多年晨泳與慢跑，都是可以獨立進行與完成，跟我不愛麻煩別人的個性很相似。

很多人小時候都會被父母告誡：「興趣，不能當飯吃。」於是迫於現實，捨棄興趣，做了幾份純粹賺錢但不快樂的工作。時至今日，行行出狀元，**只要是真正的興趣，持續培養實力，都有可能成為頂尖的專家**。曾經因為長輩施壓，而錯過自己興趣的人，不妨在規畫自己人生下半場的此刻，好好面對自己真正的興趣。

或許，你的興趣沒來得及培養成專業，確實還是不能當飯吃；但是，當你年老的時候，它卻可以陪伴你度過一個人獨處的美好時光，也能引領你去認識更多志同道合的朋友，豐富你的生命。甚至，終於逐年累積足夠的實力，讓你在晚年大放異采。（最後這一句，是我用來與你互勉，不要給自己太大壓力，不必追求一定要大放異采啦，找到自己真正興趣的人生，絕對已經夠精采了。）

不斷學習，讓人生充滿活力

活到老，學到老！保持好奇心，學習新事物，不只是可以豐富人生，也可以延緩老化，預防失智。

老媽的興趣、也是她的專長，除了裁縫，就是做菜。即使她中風多年，並沒有放棄這兩項嗜好，就算是讓她以口述方式在一旁指揮，也能獲得很大的樂趣和成就感。老實說，這些都是我近年來才學會的道理。老媽中風至今已經十八年了，前面那六年，我們因為沒學習到足夠的知識，常用錯誤的方式對待，彼此很痛苦，摩擦不斷。

例如，我常怕她發生危險，嚴格禁止她「輕舉妄動」，連伸手拿茶杯，我都會大聲說：「妳要什麼？我來就好。」當時我並不知道，這些安全顧慮是多餘的，我為了保護她的安全，怕她跌倒或打破杯碗，而不准她這樣、那樣，不但損及她的自尊心，也剝奪她學習的能力，反而有可能會導致她加速退化、甚至失智。

後來，我看過很多書籍，並請教醫生意見，深自反省檢討，徹底改變作風，在確保安全無虞的狀態下，老媽想做什麼，都盡量讓她自己做，或邀請她一起參與部分的執行工作，她變得很開心、愉快、也有成就感。

多動腦；常靜心。微妙的體會，美好的瞬間

有段期間，為了幫助容易感到焦慮的她安定心情，我開始為她規畫「抄經」的功課，每天要抄兩行經文。

這件事對於中風後根本無法精準握筆的她來說，是高難度的挑戰，但我深知老媽的個性非常好強而堅韌，必定可以克服萬難達成。

果然，她每天下午都自動坐在書桌前，吃力地拿起我為她準備的筆，竭盡所能地一筆一畫，抄寫《心經》，就算字跡歪歪扭扭，還是看得出非常認真好學的精神，令我十分佩服。

我曾經擔心老媽有記憶力退化的狀況，陪她去醫院做完整的「智力」檢查，經過醫生的詳細說明，我才知道所謂的「失智」，並不只是記憶有問題，除了記憶，還包括：語言、圖像、方向、邏輯、理解、判斷等。

醫生知道她有定期做「抄經」的功課，給予大大鼓勵，因為中文繁體字，含有豐富的字型、字義的記憶與理解，書寫時筆順的方向感，也能刺激大腦，活化思路，是很有效的大腦體操。

大腦功能，用進廢退！年歲愈來愈大，更不能忽略我研究多年的新主張：多動腦，常靜心——這不僅是微妙的體會，發生於美好的瞬間，也是最有效的養生之道。

繼續保持學習的心，就能有效預防失智提前發生

在我所主持的廣播節目裡，不只一次專訪台北榮民總醫院高齡醫學中心主任陳亮恭醫生，他鼓勵銀髮熟齡朋友，繼續不斷學習。他在《真逆齡》（天下康健出版）書中提到，失智跟學歷無關，但跟是否保持學習的心態有關。

從前的文獻提到高學歷比較不容易失智，是因為他們在人生過程中維持學習的時間比較長，增加比較多的「大腦存款」，並不代表學歷低的人就會失智，關鍵在於有沒有繼續學習。所以，「活到老，學到老！」這句話，真的沒錯啊！**保持好奇心，學習新事物，不只是可以豐富人生，也可以延緩老化，預防失智。**

最近幾年，台灣學習風氣很盛，我住家附近有幾所大學和高中，都有開辦「長青課程」，舉凡樂器、歌唱、舞蹈、語文、電腦軟體操作、烹飪、西點、游泳、攀岩等，多元化的課程與上課方式，都有助於探索興趣、培養學習的能力，值得銀髮熟年的朋友多多參與。

挑戰一件困難的任務

過程中要解決很多意想不到的麻煩，
但最後成就的是，
自己面對未來人生孤獨之旅的勇敢。

當你嘗過「學習一件有興趣的事物」的美好滋味，接下來應該適時給自己擬訂更高的目標：挑戰一件困難的任務，把它視為「學習一件有興趣的事物」的進階版，讓自己不論活到幾歲，都有勇氣與能力，可以離開舒適圈，成為更好的自己。

所謂「困難的任務」，項目與內容可以因人而異，重點是目標是否合理，或有意義，以及你能不能找到正確的方法，按部就班去完成。

有位女性朋友想要挑戰的困難任務是：「在半年之內，減重五公斤。而且，不再復胖。」她身高一百六十公分，體重六十公斤。她說這兩個數字，從二十七歲生完兩個孩子後，就沒有改變過。而今小兒子上大學了，離家住校，四十五歲的她已經來到人生的空巢期，決定要過「重新，一個人」的生活，開始屬於她自己「第二人生」，第一件事就是讓自己瘦回她婚前的體重。

她很慎重地去醫院掛號，透過「家醫科」的醫生介紹營養師，擬訂完整而且細密的減重計畫。不到五個月，就完成目標，把體重減到五十五公斤。
大家都稱讚她很有毅力，還調皮地慫恿她：「該慶祝一下，請我們吃大餐。」她立刻嚴肅以對：「革命尚未成功啊，減重沒有想像中困難，必須繼續維持不再復胖，才算真正有效果。」
我仔細觀察，發現她容光煥發，比從前更自信、更快樂。

真心懺悔，才能了無罣礙。重新和解，彼此祝福

另一位男性朋友設定的挑戰是：「一年內，練出腹肌，而且完成馬拉松。」他完全無視於自己已經四十五歲，算是「大叔」級的男人，之前雖有運動習慣，但也只是每週晨泳兩次，週末打場球，不曾做過重力訓練，對慢跑也不在行。為了挑戰「一年內，練出腹肌，而且完成馬拉松。」的目標，他義正詞嚴地拒絕所有交際應酬，妥善精準地掌握時間管理，還請了私人教練，勤加練習。
大約在第八個月，他就已經練出明顯腹肌；因為馬拉松賽程的安排，他延遲了一個月，在擬訂計畫的第十三個月達到目標，以四小時二十七分的成績，完成當初設定「一年內，練出腹肌，而且完成馬拉松。」的壯舉。
精采的人生下半場，於是從這裡展開。

他約前妻見面，誠懇向她道歉。八年前離婚的時候，有很多來不及說的抱歉，壓抑很久的往事，終於傾吐出來。兩人淚眼相對，盡釋前嫌。沒有要談復合、也未必繼續做時常保持聯絡的好朋友，但至少彼此已經對過去那一段感情與婚姻無怨無憾，而且願意彼此祝福。

他說前半生的愛恨悲歡、生離死別，在他跑馬拉松的時候一一浮現，如今清空所有罣礙，他的人生下半場可以勇敢向前。辭職回到故鄉，整理父親留下來的房子，開了一家結合音樂與文學的複合式咖啡館，真正賣的不只是咖啡，而是人生裡值得珍藏的美好時光。許多顧客喜歡跟他聊天，聽他介紹爵士音樂，一個人的生活，既熱鬧又簡單，連打烊後的孤獨裡，都有歲月的芬芳。

克服困難 更有自信

餘生有限，別再說：「我好想……」
若真的想，就去做吧。

最近幾年，我曾經成功挑戰幾件困難的任務。雖然有的任務極其細微，甚至在別人眼中根本不值一提，對自己來說卻是很大的學習。

例如，我曾要求自己做到「連續三天，不要跟老媽拌嘴。無論她怎樣碎碎唸，我都要誠懇接受，不能有任何不耐煩。」老實說，這個任務失敗無數次。有時候一個上午就破功；有時候功虧一簣於最後一個下午。但最後，我還是完成了。那不只是大家每天都會習以為常掛在嘴邊的溝通技巧、ＥＱ情緒管理，而是內在更高層次的臣服與感恩。

就像有位朋友，熬過禁食三天，再恢復例常餐飲，抵抗力提升了，對味覺也更敏銳。也有另一位朋友參加短期閉關活動，度過禁語數日，再回到尋常人生，學會往內在反省，從別人身上看到自己的問題，衝突變少，慈悲更多。

另一項我挑戰成功的任務，是開辦「吳若權私塾——熟女寫作班」。持續寫作二十年，很多讀者陪伴我一起成長。有滿多讀者已經從少女成長為熟女，她們在台灣這片土地生活，見證女性角色在大時代的轉變，我很想和她們當面聊聊彼此經歷的人生，並且協助她們寫下屬於自己的故事。

在開班之前，我毫無把握。過去我經常舉辦大型演講，也曾受邀在大學擔任講師、或導師，講過不同系列的行銷管理課程，但從未以小班制的方式，以有系統的方式循序漸進地進行寫作的教學，更何況我真正想做的是，結合文字創作與靈性療癒，陪伴學員走進內心深處，再回到生命的現實，得到更完整的自己。

這不只是我個人全新的嘗試，可能也是一項創舉。很幸運的是，「吳若權私塾──熟女寫作班」得到許多貴人相助，陸續在台中、台北開班，來自全台灣各地的熟女，齊聚一堂，分享彼此的生命故事，個個精采地讓我深深感嘆。我從她們身上學到的，比我教給她們的，還要多得更多。

人生遲暮實現壯遊；增添信心與勇氣

年輕的時候，我們常說：「我好想……」自己沒當一回事，別人也不會認真。但年紀愈來愈大，當我們真正體認餘生有限，就不該繼續蹉跎歲月，若真的想，就去做吧！

幾年前，我的「生命清單」中出現「陪母親看世界」的長途旅行計畫，目的是不要讓她感覺自己因為中風行動不便，只能留在家裡，而常感嘆愈來愈不中用。我想陪她去看山看水，讓她發現自己的人生還有各種的可能性。

經過事前周延的規畫，母親終於平安順利地走出受困十幾年的城市，去到加拿大洛磯山脈看冰原、回父親位於福建梅州的故鄉探望親屬、舊地重遊日本黑部立山欣賞雪融花開……遠赴這些地點，是她中風後一直渴望前往，卻老是覺得不可能的願望。

從啟程到歸途，我發現：陪著年邁、而且行動不便的長輩長途旅行，風塵僕僕再回到出發的地方，看似挑戰眼前一件困難的任務，過程中要解決很多意想不到的麻煩，但其實最後成就的是：自己面對未來人生孤獨之旅的勇敢。

無法自主行動的母親，在家人陪伴之下，以及旅途中無數陌生人的協助，趁八十歲高齡前，逐步完成生命的壯遊，重拾失落已久的自尊與自信。她認為自己比想像中更有活力；也在旅途中觀察我克服困難的勇氣，相信我將來有照顧自己的能力。

回到家之後，母親不斷反覆看著旅行的照片，我感覺自己的人生，又往前更精進了一些。

chapter 15

出發——去——旅行吧！

「一個人」單獨的旅行，很自由、很獨立，也會很熱鬧、很豐富。
在旅途中認識的每一個人，都有可能成為好朋友；
若只想把對方當過客，也毫無任何負擔。點個頭、揮了手，各有各的路要走。

在啟動「第二人生」的此時，正是出發去旅行最好的一刻。
這時候的你，攢了一點錢，也還有體力。既不必走馬看花；就不會錯過山光水色。
沒活到一定的歲數，別誇口說已經真的懂得全部的人生。
中年之後的內在旅行，會有更多機會碰觸自己最深刻的反省。

生命中，有無數的旅行，不限於遠方，也不困於眼前，
可以盡情優遊於山光水色，也能暢快抒懷在自己的房間。
當我們走遍千山萬水，回到出發的地方，
明白所有的啟程，若真有特別的意義，莫過於在歸來時，
學會與自己獨處，安享斗室風華。

讓自己活得不虛此行

人生沒有任何時候，
比此刻更適合瀟灑地說走就走。
趕快出發去旅行，追尋未完的夢想。

在《每一次出發，都在找回自己》（皇冠出版）中，我藉由睽違二十年的一趟巴黎之旅，分享讀者「旅行，就是修行」的概念。當往外跨出一步，就走向內心一里。

總計有幾百位讀者，寫信或透過電子系統留言，回饋他們的讀後感想給我，居然有幾十則訊息都不約而同地提到「驚豔」這兩個字，但並非只是我從四千多張、篩選到最精華四百張的照片，而是他們很內行地在字裡行間讀到每個人對生命的渴望。

他們信上說了很類似的心情：「原本以為是旅行的遊記，讀完才知道是一本靈性成長的書。」看到這段話，我有「幸得知音」的感動。

一直覺得，旅行可以帶來最美、也最深刻的成長經驗。尤其是「一個人」單獨的旅行，很自由、很獨立，也會很熱鬧、很豐富。在旅途中認識的每一個人，都有可能成為好朋友；若只想把對方當過客，也毫無任何負擔。點個頭、揮了手，各有各的路要走。

說走就走，無牽無掛

自主旅行，就像人生，是既辛苦、又快樂的過程。你看待旅行的角度，你選擇旅行的方式，其實就是你整個人生觀的縮影。如果你認為前半生已經很賣力工作、或是沒有機會好好休閒玩樂，就趕快出發去旅行，追尋未完的夢想。無論去哪裡都好，當作犒賞自己也行，總之能走能動，就不要把自己關在家裡。

只要想到人生只此一回，就不要抱憾而歸，也不要限制自己對世界的想像，想去哪就去哪。

旅行這件事，確實存在一些奇妙的矛盾。年輕時候有體力，但缺金錢或時間；年老以後，有金錢或時間，但沒體力。鮮少旅行的人，寧願走馬看花，也不願錯過山光水色。經常旅行的人，寧願錯過山光水色，也不願走馬看花。

在啟動「第二人生」的此時，正是出發去旅行最好的一刻。這時候的你，攢了一點錢，也還有體力。既不必走馬看花；就不會錯過山光水色。

人生沒有任何時候，比此刻更適合瀟灑地說走就走。尤其中年之後的旅行，往往有更多機會選擇在淡季出發，除了旅費比較便宜，也可以避開旺季人潮的擁擠。

若是採用一個人的自助旅行，就可以因為不必跟團，行程不用趕路，而更加隨興自在。

有些熟齡朋友刻意選擇入住國外的青年旅館，房間乾淨、價格合理，還有廚房可以自己烹飪。另一些經濟狀況許可的銀髮族，愛上豪華遊輪之旅，遠赴歐美各地，不受舟車勞頓之苦。搭乘大型遊輪，平穩舒適，船上有很多餐廳、休閒遊樂，睡個覺醒來，又是一個新的地方，想玩就下船去逛，累了也可以留在船艙，很適合自認為體力不是太好，又想玩遍世界各地的大齡遊客。

靠勇氣與努力，抵達此生必遊景點

從前剛出社會工作，累積幾天假期，我常到亞洲自助旅行。若到歐美出差，只要主管同意，有機會就請假，多停留幾天，順便觀光。母親中風之後，為了負起照顧的責任，我鮮少長途旅行。其實她並不想要我因此而犧牲自己對旅行的嗜好，常常鼓勵我出去走走。經過十多年的磨合，我終於說服她跟我一起去旅行。

當我拿著手邊蒐集到的旅行資料給母親參考，看著加拿大露易絲湖的風景照片上方，斗大的標題寫著「此生必遊景點」就算她行動多麼不方便、體力有多差，上廁所有多麻煩，多少還是會有些心動。

旅行前的規畫過程，充滿美好的想像。但也如意料之中，母親到臨出發前一刻，都還有點猶豫，即便我都已經訂好行程、也付款了，她還幾度跟我翻案說她不想去。直到我們翻越千山萬水，她才漸漸對自己的決定感到安心，而且認為值得。**每跨出一步，就多自信一些。**尤其走進露易絲湖畔，終於見證風景照片上的標題，所言不假，果然是此生必遊景點啊！

有了這次經驗，老媽可玩上癮了。後續幾個提案，她都欣然接受，開心出發，平安回來。儘管旅途中，必須要克服一些大大小小的困難，但其實不用太擔心，只要是先進的國家，對肢體行動有障礙的旅客，都很貼心地設想周到，反而是自己需要有勇氣與耐心。

像我媽這樣中風十八年，高齡八十歲的老太太，都能靠著拐杖、助行器、輪椅等協助，而走遍天下。六十歲、五十歲、四十歲、三十歲的你，就更沒有理由困住自己。

踏上內在的巡迴之旅

覺得自己無路可退、
又不知道要前進去哪裡的時候，
內在的旅行常帶領我們走出更寬闊的人生境界。

除了群覽風景名勝，還有另一種內在的巡迴之旅，是我一直活到四十歲後才學會的。雖然說是內在的巡迴之旅，但需要更積極、也更具體的行動。

幾年前，某個夏日的午後，突然接到一通來自電視台的電話，是影視圈內一位曾經叱吒風雲的女製作人打給我的。

她主動提前預約時間，計畫要專程來辦公室拜訪。

在那個階段，台灣電視產業的生態，還能容許一些優質的節目存活，我常受邀去對特定議題發表看法，本來以為她是要給我一些意見，以利於電視節目錄影的進行。但很意外的是，她專程來向我辭行。因為當年各製作單位，已經開始面對強大的收視率壓力，電視台主管常要求她必須在節目中添加更辛辣的元素，因此而倦勤的她，決定以「回家帶小孩」為由，暫時割捨最熱愛的工作。

我永遠記得那次見面時，她很慎重而誠懇地說：「若權，這是我替自己規畫的請益與感恩之旅，你是第三站，我之前已經拜訪過……」

當這句話出自一位非常專業、經驗豐富的大牌電視節目製作人，我感到很慚愧、也很感謝。她讓我知道：人生的旅行，有很多不同的形式。有人追逐山光水色；有人探索內心世界。但不論是追逐山光水色或探索內心世界，都是用各種不同的方式，在尋找一種叫做「意義」的東西。有人在某趟旅行中找到答案；有人用餘生繼續追尋。

中年之後的內在旅行，碰觸自己最深刻的反省

尋找生命的意義，是人到中年的熱門話題。

從前的年輕人，揹起行囊說要出去尋找生命的意義，爸媽常嗤之以鼻，不是責備子女找藉口貪玩，就是說他們「為賦新辭強說愁」；現代的年輕人，卯起來乾脆不升學、不工作，丟下一切出去流浪，爸媽拿他沒轍，有可能的話，他還真的玩出心得，找到屬於自己的人生。但那究竟是不是生命的終極意義呢？

天曉得?!沒活到一定的歲數，別誇口說已經真的懂得全部的人生。

中年之後的內在旅行，會有更多機會碰觸自己最深刻的反省。除了有人拜訪想要學習或感謝的對象，也有人跑去海外上課、還有人到深山閉關……這些有形

或無形的旅行，終將在生命留下成長的印記。當年紀愈大就愈珍貴。

尤其當我們在出發前，覺得自己好像已經無路可退、又不知道要前進去哪裡的時候，內在的旅行常帶領我們走出更寬闊的人生境界。

規畫感恩之旅，期待遇見不同的自己

我的儲藏室哩，還妥善保存著兩個紙箱，這是我從昔日客戶辦公大樓的火場中搶救出來的寶藏。

寫作、出版二十年來，有許多讀者以紙筆寫信給我，但我當時可能忙到沒有時間立刻一一回覆，看過信後卻把他們的心情故事，都仔細收放在我心上。

有幾年因為數量太多，我的客戶特別提供辦公室的儲藏室，讓我存放這些信件，沒想到辦公大樓遭逢祝融，很多我細心保留的文件、簡報、書本、筆記都被濃煙熏黑，而必須丟棄，我卻搶救出這兩個紙箱，預備等我老到工作很少的時候，可以憑藉這些信件，拜訪未曾謀面但心意相通的讀者，讓彼此可以溫柔地回到過去的時光，即使閒話家常，都能告慰歲月的滄桑。

這將是我正式宣告進入老後階段前，最想要啟程的感恩之旅。或許，會有更多的故事，讓我看見自己的不同。

做自己最好的旅伴

放下「爭取認同」與「符合期待」的種種禁錮，自由自在走向終點，迎接另一段旅行的開始。

繼續沿著時光的河流向前走，總有一天會不知不覺地走到黃昏的盡頭。每個人都曾經有過「撿石頭」的心態，一心一意想要挑到比較大的石頭；我們總要吃過苦、受過傷，經歷很多的得意與失落，才學會放下所有的石頭，然後無牽無掛，輕盈地走到最後。

當所有的美麗的風景，匆匆向後飛揚成生命列車窗外的輕煙，愛過、恨過、哭過、笑過，驀然回首，誰還會陪在左右？

曾經在人生旅途交會的至親好友，都彌足珍貴。不需要特別戀棧；也不能不學會放手。活到老後，真能讓自己不怕孤單、不畏生死，其實不是家人、不是伴侶、也不是朋友，而是宇宙最高的主宰——神。你可以透過自己所尊奉的宗教而認識祂，也可以不透過宗教，而憑藉自己的心靈與直覺找到祂。祂沒有固定的稱謂、既定的相貌，唯有愛、原諒與感恩。

不要被世俗的宗教所誤導或限制，要留意有部分的派系是被人為操縱，假借神的名義，成就自己的私慾。除非他們真心教你怎麼去愛、如何懺悔、願意原諒、時時感恩，因此讓你遠離恐懼，不再憎惡。

學習做自己最好的旅伴，你就能與神同行、與神同在。

在旅行中發現真相：這一生，所為何來？

印度大師奧修（OSHO）在《自在》（麥田出版）書中提到，他童年時常聽到一個有趣的故事：有一個人的生命，不在自己的軀體裡，而是在另一隻鸚鵡的身上。無論你用什麼方式傷害他，就像刀槍不入那樣，無法取他的性命，除非你找到藏著他生命的那隻鸚鵡，殺掉那隻鸚鵡，他就死了。奧修說他小時候一直聽不懂這則故事要說什麼，後來長大之後他終於明白這個故事的寓意——生命唯一需要的就是你全然地去活。

這番教導，是要提醒世人：**掌握自己，承擔責任，才能自由**。不要把生命寄放在別人身上、在神身上、或在天堂。有一天，生命結束了，就全然地放手。

畫家梵谷（Vincent Willem van Gogh，一八五三—一八九〇）在三十七歲自殺的死因，始終眾說紛紜，有人甚至大膽推測，他死於非命。奧修卻有一套跳脫「自殺」與「他殺」的說法，認為當梵谷把這一生想畫的、該畫的作品都完成，生命就結束。

我常想，如果梵谷的這一生是為繪畫而來，那你、我呢？

這一生，終究為何而來？

這個問題正是我動筆寫下《重新，一個人：擁有自由無畏的人生下半場》起心動念的來由。別再以「金錢不夠」、「沒人愛我」、「害怕孤單」做為猶豫不前的藉口。如果按照奧修所說，生命走到最後，有如漣漪消失於海洋，我們所有的追逐與等待，只是自由、自在地消失，還有什麼會是活出生命真相的阻礙？

回到一個人的世界，體會旅行的意義

英倫才子艾倫．狄波頓（Alain de Botton，一九六九—），出生於瑞士、旅居英國，是作家也是電視節目主持及製作人。他在《旅行的藝術》（先覺出版）說：「一個人旅行似乎是有好處的。我們對這個世界的反應，常會受到同伴的左右，我們知道別人期待的東西，就會跟著裝作好奇。同伴或許認定我們是什麼樣的人，為了迎合他們的認知，就把自己的某些部分隱藏起來。」「我們的一切都看在同伴的眼裡，我們對他人的觀察也變少了，只是忙著回應同伴的問題和評論，讓自己表現正常，不管自己真正的好奇是什麼。」

以上這一段話，說中了很多人前半生的心情。在這趟人生的旅途中，我們都曾經為了「爭取別人的認同」與「符合對方的期待」而綁架自己。如今，該是釋放種種禁錮的時候。**或許，在人生旅途的某個驛站，我們必須被迫或自主選擇有旅伴同行的形式，但最後終能學會在過程中保有獨立而完整的自己。**

《旅行的藝術》最後一章，摘錄巴斯卡（Blaise Pascal，一六二三—一六六二，法國哲學家、科學家）《沉思錄》裡的一句名言：「**人不快樂唯一的原因就是，不知道如何靜靜待在自己的房間。**」艾倫．狄波頓舞文弄墨寫盡旅遊的見聞與意義，書中最後卻以法國作家德梅斯特的《斗室夜遊》總結了旅行的意義。即使遊遍世界，覽盡山光水色，不如回到住家的斗室之中，和自己快意暢遊曾經繁華的一生。

走遍千山萬水，安享斗室風華

德梅斯特曾落印足跡於義大利、蘇俄，也曾在高加索打過仗，最後回到自己的斗室中，換上一件粉藍與粉紅相間的睡衣，慵懶地躺於舊沙發之上，在昔日習以為常的一切平凡事物中，因為感恩與珍惜，而重新用不同的角度詮釋，終於發現老東西有獨特的美麗。

無論此刻的你，正想踏出去，或剛要走回來，都是最好的轉機，你將發現：**當你下定決心改變自己的那一刻，踏出去也就是走回來。當我們可以自由自在地走向終點，也將會是迎接另一段旅行的開始。**

生命中，有無數的旅行，不限於遠方，也不困於眼前，可以盡情優遊於山光水色，也能暢快抒懷在自己的房間。當我們走遍千山萬水，回到出發的地方，明白所有的啟程，若真有特別的意義，莫過於在歸來時，學會與自己獨處，安享斗室風華。

年輕時一直想離開家，去外面探索花花世界，經歷所有新奇的人與事。而今看透滾滾紅塵，最大的收穫是，歸返熟悉的角落，哪怕只剩自己一個人，眼前盡是舊時的景物，卻有全新的見解。

即使老到走不動了，記憶裡的風景，依然歷歷在目；即使腦海忘了一切，心中還有滿滿的愛。

或許，人生至此，只需一件粉藍與粉紅相間的睡衣，一張床或沙發，一扇小窗，可以回眸，也能眺望。

國家圖書館出版品預行編目資料

重新，一個人：擁有自由無畏的人生下半場／吳若權著.-- 初版.-- 臺北市：皇冠. 2015.7
面；公分（皇冠叢書；第4477種）
（吳若權幸福書房；08）
ISBN 978-957-33-3161-2（平裝）

855　　104009760

皇冠叢書第4477種
吳若權幸福書房08

重新，一個人
擁有自由無畏的人生下半場

作　者—吳若權
發 行 人—平雲
出版發行—皇冠文化出版有限公司
台北市敦化北路120巷50號
電話◎02-27168888
郵撥帳號◎15261516號
皇冠出版社（香港）有限公司
香港上環文咸東街50號寶恒商業中心
23樓2301-3室
電話◎2529-1778　傳真◎2527-0904
責任主編—許婷婷
美術設計—王瓊瑤
著作完成日期—2015年4月
初版一刷日期—2015年7月
初版十刷日期—2017年11月
法律顧問—王惠光律師

讀者服務傳真專線◎02-27150507
電腦編號◎545008
ISBN◎978-957-33-3161-2
Printed in Taiwan
本書定價◎新台幣320元／港幣107元